Bernardo Zannoni

Mes désirs futiles

Traduit de l'italien
par Romane Lafore

La Table Ronde

Ce livre a été traduit grâce à une aide
du ministère italien des Affaires étrangères
et de la Coopération internationale.
*Questo libro è stato tradotto grazie a un contributo
del Ministero degli Affari Esteri
e della Cooperazione Internazionale italiano.*

Titre original :
I MIEI STUPIDI INTENTI

Bernardo Zannoni est né en 1995 à Sarzana, dans le nord-ouest de l'Italie. Son premier roman, *Mes désirs futiles,* paru en 2021, a remporté de nombreux prix l'année suivante : le prix Salerno, le prix Bagutta du premier roman et le prestigieux prix Campiello, dont il est le plus jeune lauréat.

À L.

Nous nous reverrons bientôt ;
nous nous sommes déjà rencontrés.

I

L'HIVER, NOTRE MÈRE

Mon père mourut parce que c'était un voleur. Il vola trois fois dans les champs de Zò, et la quatrième, l'homme le prit. Lui tira dans le ventre, lui arracha la poule de la gueule puis l'attacha à un piquet de la clôture en guise d'avertissement. Il laissait sa compagne avec six petits à charge, en plein hiver, sous la neige.

Au milieu de la nuit venteuse, tous réunis dans le grand lit, nous regardions notre mère se lamenter dans la cuisine, sous la faible lumière du lampadaire et le plafond bas de notre tanière.

« Maudit Davis, sale animal ! pleurait-elle. Qu'est-ce que je vais faire, maintenant ? Stupide fouine ! »

Nous la regardions sans faire de bruit, serrés les uns contre les autres à cause du froid. À ma droite, mon frère Leroy, de l'autre côté Giosuè, que je n'avais pas eu le temps de connaître. Il avait dû mourir peu de temps après la mise bas, écrasé par le poids de notre mère quand elle s'était étendue pour reprendre des forces.

« Malheureux, malheureux ! pleurait-elle encore. Et qui va les élever, maintenant, ces enfants de personne ? »

Pendant nos premiers jours, la vie était une belle sensation. En respirant doucement sous les couvertures, nous glissions dans le plus vigoureux sommeil. Nous étions fragiles et forts à la fois, encore cachés du monde.

« Qui va les élever, hein ? Qui va les élever ? » disait notre mère. Puis elle venait jusqu'au lit et s'allongeait, nous offrant son ventre. Dès que je la sentais s'approcher, je m'agrippais à elle de toutes mes forces. Mes frères et sœurs commençaient aussitôt à se battre. Leroy était le plus grand et il se jetait sur notre mère avec autorité ; les femelles, Cara et Louise, faisaient équipe. Otis, le plus petit, était laissé pour compte.

« Qui va les élever ? Qui va les élever ? » disait notre mère. Parfois, je la sentais sursauter de douleur si l'un de nous la mordait trop fort. Giosuè dépassait de sous son pelage, inerte.

La nuit, elle partait au ravitaillement, la journée, elle dormait quelques heures. De temps en temps, quand elle avait trouvé quelque chose de précieux, elle sortait à la lumière du jour et allait le troquer contre de la nourriture auprès de Solomon le prêteur sur gages. Elle était maigre, et son ventre touchait par terre. Elle devait avoir froid à le traîner de la sorte dans la neige.

« Silence, les enfants », nous disait-elle si nous

la réveillions. Elle le disait même quand elle était réveillée. « Silence, silence. »

Nous commencions à parler. Et à nous déplacer. Un matin, Leroy tomba du lit et tourna tout autour, incapable de remonter. Il serait mort de froid si notre mère n'était pas rentrée. Avant de le remettre sur le lit, je me souviens qu'elle hésita quelques instants. Je ne compris pas, sur le moment. Peut-être que si elle avait trouvé à la place un autre de ses enfants, elle l'aurait laissé là où il était. Leroy était le plus grand et le plus fort d'entre nous.

Il neigeait beaucoup, des jours entiers. Une fois, l'entrée de la tanière resta bloquée et notre mère essaya de creuser une voie de sortie pendant des heures.

« Silence, silence ! » hurlait-elle à quiconque se plaignait de la faim. Il m'arrivait de la surprendre assise dans la cuisine, les yeux dans le vide. Elle se lissait les moustaches en soupirant, comme si elle était en conversation avec quelqu'un. Je restais à l'observer. Je sentais qu'elle n'allait pas bien, quelque chose était en train de s'effondrer, et cela me faisait peur. Mes yeux se fermaient sans que je m'en rende compte, et quand je les rouvrais, elle n'était plus là.

« Ne tombez pas malades, je n'ai pas de quoi payer le docteur », nous dit-elle un jour, quand nous commencions à nous déplacer dans la tanière. L'avertissement n'échappa à personne, et de fait, aucun de nous ne s'aventura dehors, ni n'osa même s'approcher de la fenêtre. Otis était le seul à n'être jamais sorti du lit, les femelles se moquaient de lui. « Tu es trop petit, Otis. Tu te casserais le cou », lui disaient-elles.

Leroy touchait tout ce qui se trouvait sur son passage, et moi, je le suivais. Nous ne nous parlions pas beaucoup ; il attrapait une chose, la regardait, puis la remettait à sa place, et je l'imitais. J'étudiais ce que j'avais entre les pattes à toute vitesse, parce que mon frère était déjà passé à un autre objet, et je ne voulais pas être à la traîne.

Sans cesse, notre mère nous repoussait. Elle se comportait comme si nous n'étions pas dans la pièce. Quand elle se décidait à nous allaiter, nous accourions tous en sautant sur le lit. Otis, par chance, avait déjà eu quelques secondes pour téter un peu.

« Tu me fais mal », soufflait-elle, irritée, quand l'un de nous se montrait trop fougueux. Et si cela ne suffisait pas à nous calmer, elle nous donnait un coup de patte, sans griffes, avant de lancer un juron.

À la faim s'ajoutait le froid. Certains jours, nous ne descendions pas du lit et restions sous les couvertures, serrés les uns contre les autres, à combattre nos crampes d'estomac. Une fois, Leroy me réveilla :

— Tu as froid ?

— J'ai faim, répondis-je.

— Moi aussi. On pourrait manger Otis. Il est petit, et faible.

Je passai ma langue sur les petites dents qui étaient en train de me pousser dans la bouche. Je ne dis rien.

— Alors ?

— J'ai peut-être plus froid que faim.

Notre mère entra dans la tanière avant que mon frère ait eu le temps de me répondre. D'une certaine façon, je me demandais si ma lâcheté ne l'avait pas offensé, et pendant un temps, même après avoir mangé, je ne parvins pas à trouver le sommeil. C'est à partir de ce moment-là que je compris qu'il existait, entre Leroy et moi, une légère et horrible différence : il était plus animal que moi. Je redoutais qu'il s'en soit rendu compte lui aussi. Mais aucun de nous deux ne mangea Otis. Et Leroy ne me mangea pas.

Une nuit, ma mère revint avec un drôle d'objet. Elle le posa sur la table et nous sermonna.

— N'y touchez pas. Ça va nous faire manger pendant un bout de temps.

Nous attendîmes qu'elle aille se coucher pour l'examiner.

— C'est un bijou de dame, dit Cara. Un petit trésor de l'homme.

Le bibelot posé sur la table brillait à la lumière, beau, de couleur verte. On aurait dit qu'il parlait à chacun de nous, en secret. Leroy s'avança et tendit une patte.

— Il est froid, dit-il. Comme l'air dehors.

J'aurais voulu le toucher moi aussi mais ma mère avait été claire, et j'avais peur qu'elle se réveille. L'idée de la désobéissance déclenchait en moi une peur terrible, d'autant que je n'en avais encore jamais observé les conséquences. Louise avait sauté sur la table et elle avait pris l'objet, le contemplant avec innocence, le faisant ensuite glisser sur sa patte, comme un bracelet.

— Louise ! On n'a pas le droit ! avait susurré Cara.

— C'est moi la plus belle, dit l'autre, sans lui répondre.

— Ce n'est pas vrai !

Cara sauta sur la table à son tour, et se jeta sur Louise.

— Maman ne veut pas !

Elle essayait de lui arracher le bibelot de la patte, tandis que Louise se débattait, la mordait.

— Arrête ! Laisse-moi !

Leroy et moi comprîmes assez rapidement la tournure qu'allaient prendre les événements. En quelques secondes, nous avions déguerpi de l'autre côté de la pièce.

— Il n'est pas à toi !

— Laisse-moi !

Elles firent tomber l'objet. Il se brisa en quatre morceaux, avec un bruit sec. Notre mère avait tout vu du fond de son lit. Les deux sœurs restèrent où elles étaient, tandis qu'elle se levait pour constater les dégâts. Elle ramassa les débris et les regarda.

— Maman… murmura Cara.

Le coup de patte de notre mère fut rapide et précis. Il atteignit le museau de notre sœur, la faisant tomber de la table. Louise sursauta et se mit à trembler sans rien dire. J'avais le cœur qui battait. Leroy reçut sur le pelage quelque chose de mou, il le prit entre les pattes pour l'examiner.

Tandis que Cara commençait à pleurer, nous regardâmes cet étrange grumeau blanc et rouge, puis comprîmes que c'était un œil. Notre sœur se tenait la tête d'une patte, réprimant la douleur, du sang plein la face. Leroy laissa tomber l'œil par terre. Un instant, je crus qu'il allait le manger.

Notre mère jeta les débris sur la table à côté de Louise toute recroquevillée sur elle-même, prête à recevoir les coups.

— Merdeux, dit-elle, sans un regard pour aucun d'entre nous, avant de disparaître dans la nuit gelée.

Je l'entendis rentrer le lendemain matin. Elle était dans la cuisine, les yeux dans le vide. À la lumière du jour, elle semblait encore plus maigre. Je quittai le lit en silence, les autres dormaient encore.

— Maman ?

Elle se retourna. Lentement. Elle m'avait peut-être déjà entendu. Son regard semblait passer à travers moi.

— C'est à cause de papa que tu es triste ? demandai-je.

Elle ne répondit pas. Elle ne répondait jamais.

II

LE CORBEAU, LE NID

Nous quittâmes la tanière à la fin du printemps. Le vent frais et encore piquant nous ébouriffait le poil. Je me souviens de l'instant où je mis le nez dehors, l'explosion d'essences et de parfums qui affolèrent mes sens. Nous habitions sous une roche, à l'abri de deux arbres. Le matin, il y avait de l'ombre, au crépuscule, la tanière était caressée par le soleil mourant. Notre mère se contenta de nous donner quatre indications.

— À droite et derrière vous, c'est le bois. À gauche, les Trois Torrents. Devant, les Champs de Zò. Ne vous attirez pas d'ennuis.

Nous ne devions pas la suivre. Si on essayait, elle s'en apercevait tout de suite et nous chassait. Leroy en fut très vexé. Il commença à vivre sa vie, à sortir en solitaire.

Otis ne pouvant pas rester dehors trop longtemps et Cara, devenue borgne, ayant perdu toute sa joie de vivre, je passais beaucoup de temps avec Louise. Nous jouions à chat.

— Tu ne m'auras pas, Archy.

Elle parvenait toujours à s'échapper. Elle se faufilait dans les buissons et y restait cachée. Si je l'attrapais, nous faisions la bagarre, nous nous mordions, des morsures qui chatouillaient.

Nous tournions autour de la tanière, sans trop nous éloigner. Exception faite d'une famille de hérissons bien plus à l'est, nous n'avions pas de voisins. Nous ne les aperçûmes qu'une fois, alors que nous rentrions dans notre tanière. Ils habitaient le tronc d'un arbre mort.

— Je suis belle, Archy ?

Louise me posait toujours la question. Surtout quand nous restions à ne rien faire, sans parler. Je lui répondais que oui.

— Belle comment ?

— Très belle.

— Plus belle que Cara ?

— Oui.

— Que maman aussi ?

— Oui.

Elle se lissait le poil puis, invariablement, détournait la tête et regardait au loin. Je me mis à y croire à mon tour, peut-être parce que mes instincts étaient en train d'éclore ; à force de lui répondre qu'elle était belle, je finissais par m'en convaincre. Toujours est-il que peu à peu, de sœur, Louise se mua en un mystère irrésistible.

— Je suis belle, Archy ?

— Très belle.

— Merci.

Comme je désirais que son regard lointain,

après qu'elle se fut lissé le poil, se pose sur ma personne ! Quand nous jouions à chat, je la retrouvais grâce à son odeur, et pendant nos luttes, je me blottissais contre elle, répondant à ses coups de dents.

Au lit, collé au dos râpeux de Leroy, je me demandais ce que signifiait cette transformation. Je réfléchissais à la raison pour laquelle j'étais si impétueux quand j'étais avec elle, et si éteint, distant, avant de m'endormir.

Le printemps fit du bien à tout le monde. Notre mère rapportait souvent de la nourriture, et la faim cessa de nous tourmenter. Certains jours, elle revenait avec des petits rats, d'autres avec des baies ou des fruits. Elle n'était plus aussi maigre, elle avait retrouvé un pelage lustré.

— Silence, continuait-elle à dire, si nous la dérangions.

Les semaines passant, nous avions beaucoup grandi ; nos museaux s'étaient affinés, nous commencions à perdre nos dents de lait, à découvrir la couleur définitive de nos pelages. Pour la plupart d'entre nous, ce développement rapide était source d'émerveillement, mais pas pour tous. Notre frère Otis était resté rachitique, ses pattes flageolant sous son poids. Il avait du mal à remonter sur le lit et évitait de s'éloigner seul. Personne ne prêtait attention à lui, il existait pour être effacé, à l'ombre de nos vies. Quand il mangeait, nous lorgnions tous sur son assiette.

— Je vais mourir parce que je ne grandis pas, dit-il un soir, pendant le dîner.

Nous nous interrompîmes quelques instants, notre mère aussi.

— Qui t'a dit ça ? fit-elle.

— Personne. Je le sais. Tu ne m'as pas élevé, maman.

Deux larmes glissèrent sur son museau émacié.

— C'est vrai, dit-elle.

Puis elle reprit son activité, et nous aussi. Ce soir-là, cependant, personne ne lui retira son assiette.

Un jour, Leroy revint avec un corbeau. Il l'avait chassé près des torrents, après plusieurs semaines de tentatives. C'était un beau corbeau, une aile et des plumes en moins, arrachées par les morsures, le bec ouvert. Notre frère passa devant nous sans rien dire et entra dans la maison. Il s'assit à la table, y posa sa proie. Il avait encore le souffle court et les muscles tendus, la gueule ensanglantée, l'œil alerte du chasseur. Il attendait, sans répondre à nos questions, sans nous laisser nous approcher de l'oiseau.

Un peu parce que nous n'avions rien à faire, un peu parce que l'événement relevait de l'exceptionnel, nous attendîmes à notre tour, à distance respectueuse.

Je me rappelle cette scène comme un beau souvenir. Tous dispersés dans la tanière à observer Leroy et le corbeau, aussi immobiles que notre frère, qui regardait droit devant lui.

Notre mère revint après le coucher du soleil avec quelques baies. Quand elle aperçut le corbeau depuis le seuil de la tanière, elle s'immobilisa. Leroy et elle se dévisagèrent.

— Qu'est-ce que c'est ? demanda-t-elle.

— Le dîner.

Notre mère laissa les baies sur la table.

— Tu veux dire ton dîner.

Puis elle prit le corbeau, lui arracha la tête, et se mit à cuisiner.

Voir Leroy manger ce morceau de viande me remuait de l'intérieur. C'était différent de l'envie que ressentaient les autres. J'essayais de comprendre ce qui rendait mon frère plus fort, plus fort que moi. Je me sentais idiot. Au lit, son dos me fit l'effet d'une montagne, et je passai la nuit à rêver que j'étais pris en chasse.

Notre mère commença à emmener Leroy avec elle. Ils se levaient à l'aube, et je les voyais sortir en silence après un petit déjeuner léger. Ils ne parlaient pas ; ils mangeaient un morceau et buvaient de l'eau sans rien dire. Ils rentraient avec toujours plus de nourriture, aussi nos repas devinrent-ils plus réguliers. Il arrivait aussi qu'ils achètent des denrées à Solomon le prêteur, si leur quête les avait conduits sur la trace d'un butin précieux. Solomon marquait tout ce qu'il vendait d'un signe distinctif, quelque chose qui m'apparaissait alors comme une petite tache de couleur.

Voir Leroy devenir adulte m'inquiétait. Je me mis moi aussi à rechercher la solitude pour tenter de démontrer ma valeur. Louise ne le comprenait pas.

— Où vas-tu, Archy ?

— Aux Trois Torrents.

— Pourquoi ?

Je disparaissais sans autre explication. Elle n'essayait pas de me suivre si je ne lui répondais pas. Il m'en coûtait de l'ignorer, mais mon angoisse dépassait mon désir d'être avec elle.

Les premières fois aux Trois Torrents, je me cachai dans un buisson pour attendre. Sur les hautes branches d'un arbre, j'aperçus un oiseau ; au bord de l'eau, un ragondin ; un autre jour, un blaireau.

J'attendais de plus en plus, même après la tombée du jour, même dans la nuit noire. Ma mère ne me disait jamais rien quand je rentrais tard : j'aurais tant voulu rapporter quelque chose.

Cara, avec son unique œil, passait son temps à la fenêtre. En arrivant à la tanière, j'apercevais sa silhouette revêche tournée vers la nuit, perdue dans des pensées malheureuses.

Je trouvai un nid de rouge-gorge en haut d'un chêne mourant, à l'abri du soleil. Il avait l'air abandonné. Le lendemain, j'observai une mère voler autour avant de se poser dedans, une fois assurée qu'elle était seule. Le père la suivit peu après, puis ils repartirent tous les deux, chacun de son côté. Ils revinrent plusieurs fois, repartirent toujours.

J'eus un sommeil agité, je rêvai que j'étais pris au piège dans une toile. Je me réveillai avec la sensation de n'avoir pas dormi du tout ; je sortis de la tanière sans faire de bruit, peu après Leroy et notre mère. Le ciel baignait le bois d'une pluie fine, charriée par le vent. Elle ne produisait aucun son en tombant sur les feuilles mais elle trempa mon pelage en un rien de temps. J'avançai vite entre les arbres sans regarder autour de moi, le cœur tendu vers le chêne, anxieux et imprudent, guettant les pointes de son branchage.

Le nid était là, dans la pénombre. Les deux oiseaux se tenaient courbés l'un à côté de l'autre, pour faire un toit au-dessus du nid et le protéger de la pluie, on aurait dit qu'ils dormaient. Je me cachai au pied de l'arbre et j'attendis. Au bout d'un moment, je les entendis parler. La pluie était trop légère pour couvrir leurs chuchotements. Surtout ceux de la femelle, elle avait l'air préoccupée, elle cherchait à alerter son conjoint. Je crus qu'elle s'était aperçue de ma présence et un frisson glacial me parcourut le ventre. Je m'immobilisai, retenant ma respiration et essayant de déterminer si oui ou non, je m'étais déjà trahi. Finalement, le mâle battit des ailes pour se déplacer imperceptiblement, il se rapprocha de la femelle et ils cessèrent de parler. À présent, j'avais l'impression qu'ils dormaient de nouveau.

J'attendis encore. Le plus silencieusement possible, je chassai une araignée qui voulait me monter sur la tête puis je recommençai à fixer le sommet de l'arbre. Je ne pensais à rien ; tout mon être était concentré sur l'image que j'avais sous les yeux, le cocon sombre au-dessus des branches sèches, les deux oiseaux serrés l'un contre l'autre. J'étais une partie immobile du monde qui m'entourait, plus semblable à un arbre qu'à un animal, parfaitement intégré, à ma place, dans l'attente.

Il cessa de pleuvoir. Les oiseaux frémirent en secouant leurs petites têtes. Elle se remit à lui parler, lui remua ses ailes pour les sécher. Ils se touchèrent amoureusement, se titillant du bout du bec, puis le mâle s'envola.

Elle déploya ses ailes, sauta au bord du nid, puis tourna autour de l'arbre, une, deux, trois fois. Je retins mon souffle quand elle passa à toute vitesse au-dessus de ma tête. À la fin du troisième tour, elle disparut elle aussi.

Je m'élançai aussitôt. En un instant, j'étais au pied du chêne, je m'arrimai au tronc d'un seul bond et me hissai jusqu'au faîte avec mes griffes. Le sol s'éloignait à chaque saut vertical, l'écorce restait accrochée à mes pattes, j'avançai rapidement, le poil dressé. Arrivé en haut, je courus le long d'une branche courbe, puis remontai sur un bras décharné et tordu, indifférent à la fatigue, la respiration basse et régulière. J'ignorais la douleur au bout de mes griffes malmenées par le bois ; je n'étais que vue, action, animal dans l'esprit, dans mon instinct le plus enraciné.

Crac.

Je m'arrêtai. L'extrémité de la branche sur laquelle je me trouvais se balançait, et moi avec.

Envahi par une horrible sensation, je cherchai le nid du regard.

Je le trouvai, tout près, fait d'un entrelacs de paille que je n'avais pu distinguer depuis le sol. Mes pattes étaient incertaines, mon dos fut saisi d'un tremblement. Chacun de mes pas chancelants manquait de me faire perdre l'équilibre ; j'avançai encore et tentai d'atteindre une autre branche. Je l'attrapai avec mes pattes avant et sautai en me servant des deux autres. Au bout de ce dernier pont suspendu, le nid. Je n'en profitai pas pour admirer la vue splendide qui s'offrait sous mes pieds, cet aperçu du monde dont seuls jouissent les êtres sachant voler ; aujourd'hui encore, je le regrette. À la place, je braquai mes yeux vers le repaire des oiseaux, et la merveille se manifesta sous la forme de trois œufs azur.

Je les contemplai un long moment, encore haletant. Mes yeux étaient brillants de joie, et pour la première fois, je parvins à formuler une pensée : le retour de ma mère.

Je saisis un œuf et l'observai. Il était chaud.

Leroy avait chassé un corbeau, moi, trois œufs de rouge-gorge. J'étais un adulte.

Crac.

Ma chute fut immédiate. Quand je réalisai ce qui m'arrivait, je tenais encore l'œuf entre mes pattes. Je le lâchai pour me rattraper, cherchant une prise du regard, en vain.

Mon dos percuta une branche, puis une autre, la brisant net ; je poursuivis ma chute, parvenant à retourner mes pattes vers le sol avant de m'écraser par terre.

Je lançai un cri de douleur, sentis sur ma langue le goût âcre du sang. Mon estomac se contracta et remua en tous sens, me faisant tousser tandis que j'essayais de reprendre haleine, les yeux remplis de larmes. Le premier conseil que m'inspira la peur fut de me relever et de m'enfuir, mais je ne pus esquisser que deux pas avant de m'écrouler à nouveau. Un élancement à la patte droite m'empêchait d'avancer, la douleur embruma mes sens, je restai où j'étais, en silence.

À côté de moi, baignant dans un liquide jaune, se trouvait l'œuf azur qui avait été mon trophée. Juste après, avec un léger bruit sec, tout le nid nous rejoignit. La vue de ce désastre m'humilia : j'éprouvai la même sensation qu'en regardant Leroy manger son corbeau.

Je pensai au couple d'oiseaux et fus pris de panique. Je me levai, mais je ne pouvais m'appuyer sur ma patte blessée. Au bout de quelques essais, je compris comment avancer malgré la douleur.

Quand la pluie revint, plus forte et plus épaisse, j'étais déjà loin. Un grondement sévère m'arrêta. D'un coup, mon esprit retourna au chêne, au nid perdu, aux deux oiseaux désespérés. Le bruit passé, je recommençai à boiter à travers les bois.

— Qu'est-ce qui t'arrive ?

— Rien.

— Qu'est-ce que tu as fait ?

— Je suis tombé. D'un arbre.

Mes frères observaient notre mère qui serrait ma patte. Je fermais les yeux en montrant les crocs, parce qu'elle serrait fort.

— Idiot. Merdeux.

— J'ai vu des œufs.

Elle relâcha sa prise, tourna les talons et se dirigea vers la cuisine. Les autres s'assirent à table.

— Si tu t'es cassé quelque chose, tant pis pour toi. Je n'appelle pas le docteur.

Ils mangeaient tous tandis que je restais dans un coin de la pièce, blotti contre le mur. Aucune assiette n'avait été posée à ma place. Seul Otis me regarda pendant le repas. Dehors, dans la nuit, une pluie battante.

J'avais mal partout, et je pleurais seul.

Deux semaines plus tard, je compris que j'étais rétabli. La douleur au dos avait disparu, mais celle à la patte persista comme une malédiction : elle se réveillait quand je courais, se lamentait quand je m'appuyais dessus. Il me fut difficile d'accepter que j'étais devenu boiteux, mon inutilité me faisait honte. Pendant ma convalescence, j'étais resté au lit avec Otis et Cara, qui n'avaient d'autre activité qu'attendre que le temps passe. J'avais repensé à mon imprudence, aux œufs de rouge-gorge, à ces désirs de revanche que je pouvais jeter loin derrière moi. Je pleurais souvent.

— Archy, tu as mal ? me demandait Otis.

— Non, je dois mourir, lui répondais-je.

— Si toi tu dois mourir, qu'est-ce que je devrais dire, moi ?

Il se hissait péniblement sur le lit puis se mettait à me dévisager, ou à regarder Cara. Je l'ignorais – le haïssais, même, fugacement ; je songeais qu'à présent j'avais plus en commun avec lui qu'avec Leroy. Mon frère, le rachitique, le mal nourri destiné à une existence brève, qui s'autorisait à me parler.

Lorsque je sortis de la tanière, je tombai sur Louise, non loin.

— Archy, tu veux jouer ?

Je n'arrivais pas à la suivre, elle ne cessait de m'échapper. Louise faisait le tour des arbres et s'arrêtait, puis elle repartait aussitôt. Quand j'eus trop mal, je m'étendis à côté d'un ruisseau. Un crapaud avait plongé en hâte pour rejoindre la rive d'en face et me scrutait paresseusement, le dos tourné dans l'autre sens mais les yeux rivés sur moi.

— Tu pleures, Archy ?

Louise était là. À mes côtés, encore haletante.

— Oui, je n'arrive plus à courir, sanglotai-je.

Le bruit du ruisseau nous accompagna un long instant, alors que je continuais à pleurer et que ma sœur s'apercevait de la présence du crapaud. D'un coup, elle fondit sur moi pour me mordre l'oreille. Je me retournai sur le dos et répliquai, initiant une mêlée, l'une de celles dont nous avions l'habitude. Nous nous enchevêtrâmes furieusement, puis ralentîmes, cessâmes de nous frapper ; le jeu s'était mué en un doux mouvement de nos corps, où je donnais des caresses les yeux fermés et sentais ma gorge se nouer. Louise aussi semblait éprouver cette sensation. Elle respirait bruyamment, et son regard était brumeux.

Elle me tourna le dos, m'invitant à m'approcher. Je lui montai dessus, essoufflé, tandis qu'elle poussait contre mon ventre.

Je sentis ma gorge s'ouvrir ; le monde rapetissa à l'instant, tout se resserra autour de moi, dans un frisson de chaleur. Ma sœur lança un cri de douleur mais ne bougea pas. À ce moment seulement, je me rendis compte que j'étais entré en elle.

— Archy, Archy…, m'avait-elle appelé. Je suis belle, Archy ?

Je lui répondis que oui, mais je ne sais même pas si elle m'entendit.

Louise et moi renouvelâmes cette activité tous les jours, au même endroit. Elle m'attendait au ruisseau et j'arrivais en boitant. La nuit, je ne faisais que penser à elle, profondément endormie deux corps plus loin sur la gauche dans le lit familial. J'avais oublié ma disgrâce en un battement de cils, même le regard méprisant de ma mère glissait sur moi.

— Il faudrait peut-être partir, disais-je à Louise gisant repue à côté de moi.

— Pourquoi ? Chez notre mère, il y a à manger. Et moi, j'y suis bien.

Nous parlions peu. Pour reprendre nos forces, nous restions couchés sur les cailloux du ruisseau, les yeux fermés ou fixés sur le ciel qui s'assombrissait. Quand nous étions prêts, nous recommencions, puis nous rentrions à la maison.

Je rêvais de m'enfuir avec elle, et le lui suggérais. Dans mon rêve, nous traversions le bois et poursuivions je ne sais où, ivres de joie. Louise ne parlait que de nourriture, alors que dans mes rêveries, je ne nous voyais jamais manger, simplement courir au-delà de toute chose. Et pourtant, si nous nous étions enfuis, nous aurions bien dû nous alimenter, et je n'étais pas en état de lui garantir quoi que ce soit.

— C'est la saison des amours, disait-elle, se mirant dans l'eau de la rivière. Je t'aime, Archy.

III

UNE POULE ET DEMIE

Un jour, tôt le matin, ma mère me réveilla. Leroy était déjà assis à la table de la cuisine, en train de manger des baies. Elle m'en donna quelques-unes.

— Maman…

— Mange et tais-toi.

Leroy me toisait, impérieux. Il n'avait plus adressé la parole à aucun de nous depuis qu'il avait gagné son statut d'adulte. Nous sortîmes de la tanière en silence. Je fus saisi d'effroi : et s'ils avaient décidé de me tuer parce qu'un boiteux n'est bon à rien ; et s'ils m'attaquaient à deux pour me servir à table le lendemain.

— Maman…

— Suis-nous. Et arrête de parler.

Nous nous enfonçâmes dans le bois, au-delà des Trois Torrents. J'avais du mal à suivre, mon frère était obligé de m'attendre.

— On va où, Leroy ?

Il repartait aussitôt.

Quand il devint évident que nous nous

éloignions trop de la maison pour qu'ils veuillent me tuer, je crus qu'ils m'amenaient chez le docteur ; qu'ils avaient l'intention de me soigner, pour me faire redevenir comme neuf. Notre mère attendait à l'orée d'un pré au milieu des arbres, juste avant les herbes hautes. Nous y pénétrâmes tous ensemble. Au centre du pré se trouvait une petite colline surmontée d'un gros rocher, au pied duquel deux lucarnes avaient été percées dans la terre. Notre mère frappa à l'une d'elles, quelqu'un la vit et alla ouvrir la porte. Nous entrâmes dans une pièce très grande, sombre, et remplie de sacs de nourriture. Il régnait une odeur douceâtre. Dans un coin de la pièce, à côté de la fenêtre où ma mère avait toqué, un vieux renard se tenait assis, éclairé par une petite lampe. Nous nous arrêtâmes à quelques pas.

— C'est lui, Annette ? demanda le renard en me désignant.

Je fus traversé d'un frisson. Je découvrais le nom de ma mère.

— Oui, répondit-elle.

— Il a l'air en bonne santé.

— Il boite. Il ne court pas. Il ne peut plus me servir, à moi.

Le vieux renard éclata de rire.

— Et à moi, si ?

— Il peut travailler. Tu es vieux, tu ne trouveras pas mieux.

Je regardai ma mère, droit dans ses yeux de ténèbres.

— Et le docteur ?

Elle m'envoya une gifle. Je retins mon souffle et voûtai les épaules sans rien dire. Leroy observait la scène, impassible.

— Une poule, Annette, je ne t'en donnerai pas plus.

— Une poule et demie, comme convenu.

Le vieux renard se leva.

— Bon, d'accord. Mais la moitié dans un mois. Et seulement s'il travaille aussi bien que tu le dis.

Notre mère n'y trouva rien à redire. Le vieux renard passa dans une autre pièce et revint avec un poulet sans tête. Sur l'une de ses cuisses avait été gravé un signe que je connaissais bien, celui de Solomon le prêteur. J'étais vendu à lui pour une poule et demie. Ma mère et mon frère se dirigeaient vers la sortie mais je m'accrochai à eux.

— Maman !

Ma mère me repoussa, la poule lui glissa des pattes.

— Ne pleure pas, merdeux ! me dit-elle ; mais je pleurais déjà, j'avais la voix brisée.

Elle ramassa la poule et poussa la porte.

— Leroy !

Mon frère ne se retourna même pas.

— Maman ! Maman ! Excuse-moi, maman !

Je pensai au nid, à l'arbre, au grand fracas.

— Ça suffit, poil de cul !

Le vieux renard me saisit par le cou et me souleva de terre. Je m'agitai, criai comme un fou, mais il me frappa avec force. Nous traversâmes une autre pièce et il ouvrit une petite porte qui donnait sur l'obscurité.

— Calme-toi, et après on discutera, me dit-il alors que je continuais à hurler.

Il me poussa dans le noir et ferma la porte. La pièce était minuscule, je tambourinai contre les parois afin de trouver une issue. Je m'égosillai, puis je me contentai de pleurer, recroquevillé sur moi-même. Jamais je ne m'étais senti aussi perdu, faible, invisible.

Je ne saurais dire combien de temps je restai enfermé dans le noir, mais j'eus le temps de m'endormir au moins deux fois. Les museaux de mes proches apparaissaient devant mes yeux comme des fantômes dansants ; d'abord ma mère, puis Leroy, et Cara, Otis et Louise.

Louise, pendant la saison des amours. Ma respiration s'allongeait. Quand le vieux renard ouvrit la porte, la lumière m'aveugla.

— Fini de pleurnicher, poil de cul ?

Je gardai le silence.

— Il vaudrait mieux. Allez, du nerf.

Il me conduisit jusqu'à une autre pièce encore, une modeste cuisine. Nous nous assîmes à table et il me tendit une assiette contenant un os creux et deux grains de raisin.

— Mange, si tu ne veux pas que ça disparaisse.

J'avalai deux grains et estimai mon repas fini.

— Quoi, tu n'aimes pas l'os ? me demanda-t-il.

— Il est vide, monsieur.

— Je ne suis pas monsieur. Je suis ton seigneur. Appelle-moi comme ça.

J'acquiesçai, sans toucher à l'os pour autant.

Le vieux renard continua à me fixer.

— Tu n'es pas idiot, dit-il en reprenant l'assiette. Non, non, pas idiot du tout. Tu es le fils de Davis, pas vrai ?

Une fois de plus, je fis oui de la tête.

— Ça a mal fini pour lui. Il n'existe que deux façons d'arrêter un bandit, ajouta-t-il.

Puis il me détailla des pieds à la tête, comme perdu dans ses pensées. Je notai ce changement d'expression subit avec un frisson d'appréhension.

— Dis-moi, tu comptes me voler, c'est ça ? Tu t'es mis d'accord avec ta mère ? Vous pensez que vous allez m'avoir ?

Je tremblai. Son regard était dur et tranchant, il me traversait de part en part.

— Non. Mon seigneur.

Le vieux renard se leva avec un soupir de satisfaction.

— Ça vaut mieux pour toi. Appelle-moi juste monsieur.

Nous sortîmes de la tanière et il m'emmena au sommet de la colline, d'où l'on avait une vue plongeante sur la prairie et les arbres qui l'entouraient.

— Tout ce que tu as sous les yeux m'appartient. Compris ?

— Oui, monsieur.

— Maintenant, voilà ce que tu vas faire.

Le vieux renard m'indiqua une rivière en contrebas, et un enclos avec des poules. Puis il se tourna pour me montrer au loin une petite plantation, mais j'étais déjà en train de prendre la fuite. Le pas incertain et douloureux, éperonné par la peur, j'étais presque arrivé au pied de la colline et continuais à courir. Derrière moi, j'entendis un sifflement puissant : le renard croyait-il vraiment que j'allais lui obéir ? Il pouvait bien aller au diable. J'atteignis les herbes hautes, accélérai le pas malgré la douleur lancinante. Le bois était tout proche, il me suffisait de m'y jeter, n'importe où, pour retrouver mon chemin en prenant garde d'effacer mes traces. Au moment où j'allais quitter le pré, quelque chose me poussa à terre. Je me retrouvai museau à museau avec un chien énorme, la patte pressée contre ma poitrine, les crocs acérés à quelques centimètres de mon nez. Je me mis à hurler mais le chien planta sa mâchoire dans ma côte et me secoua comme un pantin. Je crus qu'il allait me dévorer. J'avais tort : il me ramenait vers la colline.

— Ah ! Petit vaurien, tu es comme ton père ! s'écria le renard quand le chien m'eut amené jusqu'à lui. Lâche-le, Gioele !

Le chien ouvrit la gueule. Je tombai par terre.

— Tu me prends pour un idiot, poil de cul ? demanda-t-il.

— Non, monsieur.

— Menteur. Je sais ce que tu penses.

Il me donna trois coups. Violents, sur la tête. Je poussai un cri et j'éclatai en sanglots.

— Tuons-le, Solomon. C'est un lâche. Et un boiteux.

Le vieux renard considéra le chien.

— Ne me souffle pas ton haleine dans les narines. Elle pue la merde, tu te souviens ? Retourne à ce que tu étais en train de faire.

Le chien tourna les talons sans protester. Il monta sur le rocher et s'assit tout en haut.

Le renard m'attacha une corde au cou.

— Tu ne pourras plus t'enfuir, comme ça.

Il me traîna tout en bas de la colline, vers la petite plantation. Me donna un sac de jute et me demanda de le remplir de grains de blé. Quand j'eus fini, nous allâmes jusqu'à l'enclos où je dus donner aux poules le contenu du sac, puis nous nous acheminâmes vers la rivière avec deux seaux vides. L'un était pour les poules, l'autre pour nous.

À côté de la cuisine se trouvait une grande cuvette de métal qu'il exigea que je remplisse en faisant de nombreux allers et retours. Nous retournâmes voir les poules pour ramasser quelques œufs, puis nous nous dirigeâmes vers un pommier à l'autre bout du pré, où je remplis un autre sac. J'étais à bout de forces et le soleil disparaissait derrière la ligne d'horizon. Le vieux renard me ramena dans sa tanière et m'ôta la corde. Je dînai d'un œuf et de quatre grains de raisin.

— Tu es fatigué ? me demanda-t-il.

— Oui, monsieur.

— Bien. Va te coucher.

Il m'enferma de nouveau dans le réduit obscur, dont je compris qu'il me ferait désormais office de chambre – pour combien de temps, je l'ignorais. Malgré l'extrême fatigue, j'étais incapable de m'endormir ; je me retournais dans le noir, sans fermer les yeux, contemplant les ténèbres alentour. Je pensais à Louise. Elle était la seule à me manquer, et elle semblait si loin.

Les jours suivants, le vieux renard continua à me tenir en laisse. Il en avait confectionné une très longue et emportait toujours une chaise avec lui, afin de pouvoir se reposer pendant qu'il me regardait travailler. Il me houspillait souvent.

Les tâches étaient toujours plus ou moins les mêmes. Un jour, il me fit commencer à couper l'herbe du pré et à préparer du bois pour la cuisine, un autre, semer des graines à côté du blé. Il n'expliquait les choses qu'une seule fois, il s'énervait si je me trompais ou si je montrais des signes de fatigue. Il tirait fort sur la laisse, au point de me brûler le cou, je pleurais et il s'énervait encore plus.

— Pas de pleurnicherie, poil de cul !

Il disait qu'il ne me supportait pas, que ma mollesse était contagieuse.

— Cache ta faiblesse, par pitié.

Nous parlions très peu. Il y avait des jours où je n'ouvrais pas la bouche, où j'avais l'impression d'avoir perdu ma langue dans un bâillement.

Je ressassais mes souvenirs pendant que je travaillais. Je repensais aux journées passées dans le grand lit avec les autres ; au moment où ma mère avait emporté Giosuè hors de chez nous, parce qu'il avait commencé à sentir. Même mort, il avait été mon frère pendant quelques jours, nous nous étions tenu chaud.

Je me souvenais des ébats au bord de la rivière, de Louise et de son « Je t'aime Archy, c'est la saison ». Je me souvenais si bien de ces choses-là que j'en avais la nausée, j'aurais voulu que ça s'arrête, m'enfuir pour aller les retrouver.

— Regarde. Tu as perdu la moitié de ton seau. Vide-le et retournes-y.

Ce n'était pas facile de vivre dans ses souvenirs. Surtout quand on était aussi occupé que je l'étais. Le seul avantage de ces pensées en boucle fut de comprendre la vraie nature de mes sentiments. Je découvris que Louise, à part sur les galets de la petite rivière, n'existait pas pour moi. Je ne me demandais pas comment elle allait au moment où je pensais à elle, ni si je lui manquais ni si elle souffrait. Il m'apparut très clairement que le lien puissant qui existait entre elle et moi se nouait pendant le seul instant de notre jouissance ; après celle-ci, le néant. Une tristesse inconnue m'envahit : je me sentais prisonnier du soleil et de la nuit, indifférent à l'écoulement des jours.

— Plus vite avec cette eau !

Le vieux renard savait écouter. Un matin, à table, il me demanda si ma chambre me plaisait.

— Elle est sombre, monsieur, répondis-je.

Il ne dit rien. Le soir même, je trouvai une lampe à côté de ma couche, déjà allumée. Cette pièce était un trou sans fenêtre, voilà pourquoi il y faisait si noir.

Si je travaillais bien, personne ne me faisait de mal, et j'étais même récompensé. Un jour où je ne commis presque aucune erreur, je reçus pour dîner une vraie cuisse de poulet, avec de la chair autour de l'os. D'autres suivirent.

— Tu sais que Dieu a demandé à Abraham de tuer Isaac ?

Le vieux renard me parlait souvent de ces choses-là. Mais je ne connaissais ni Dieu ni Abraham, et encore moins Isaac ; je ne comprenais pas. On aurait dit des histoires de son passé.

— Tu sais qu'Il a créé le monde en sept jours ?

J'aurais voulu qu'il m'en dise davantage, mais je craignais qu'il n'apprécie pas ma curiosité. Quand il abordait ces sujets, je restais silencieux, et lui retournait à ses pensées.

Ses clients se présentaient à des horaires variés : tous les animaux du bois passaient par là, blaireaux, lapins, renards, rongeurs, chats sauvages. S'ils se croisaient, Gioele avait pour mission de garantir la paix ; les lois de la prairie n'étaient pas les mêmes qu'ailleurs, personne n'y mangeait personne.

« Un client mort ne fait pas de bonnes affaires », disait le vieux renard. Ils entraient dans la tanière avec ou sans objet à proposer. Ils disaient ce dont ils avaient besoin, ou bien la somme dont ils étaient venus s'acquitter. Le vieux renard prenait une planche de bois et y inscrivait des lignes avec de la couleur, qu'il remplissait ensuite de signes incompréhensibles. Pas le moindre jour de retard ne lui échappait, pas la moindre dette, pas la moindre graine. Tous payaient avec régularité. Si ce n'était pas le cas, Gioele allait les chercher. Avant de faire affaire, le client donnait une mèche de poils. C'était important, pour l'odeur. L'échéance passée, s'il n'avait toujours pas payé, le chien prenait ses poils et disparaissait dans le bois ; il revenait avec les biens dus ou avec le propriétaire des poils. Personne ne faisait le malin avec Solomon le prêteur.

Pour échapper au silence, je devins ami avec les poules. J'étais le seul à parler, elles en étaient incapables. Elles s'approchaient de moi pour se servir directement dans le sac de grains, et je me mettais à discourir.

— Te voilà poulet, toi aussi ? Tu es ridicule, poil de cul.

Quand le vieux renard s'aperçut que je disais bonjour aux poules, il fut d'abord très amusé. Mais son amusement ne dura pas longtemps. Me voyant persister, il s'irrita. Pendant trois jours, il fit comme si de rien n'était ; le soir du quatrième, il me traîna jusqu'à l'enclos.

— Un mois est passé, dit-il. On entre dans la deuxième semaine de l'été, et ta mère doit recevoir sa moitié de poule.

Il jeta un coup d'œil dans l'enclos, m'en indiqua une.

— Celle-là. Tords-lui le cou et reviens me voir.

Je tressaillis, parce qu'il avait choisi ma préférée. Je l'avais appelée Sara et je lui donnais à manger dans ma patte. Sara était une belle poule.

— Si tu pleures, gare aux coups.

Il me fallut du temps pour me décider, pour aller jusqu'à elle. Sara trottina vers moi, même si je n'avais rien à lui offrir. Je n'avais jamais tué, je tremblais de peur.

— Viens ici, Sara, ma belle… lui murmurai-je en la caressant. La poule se laissait faire, elle était habituée.

— On s'active ? grogna le vieux renard.

Il tira sur ma laisse, la corde me brûla le cou. Je pris Sara dans les bras, elle ne chercha pas à s'échapper. J'avais du mal à retenir mes larmes. Je ne savais pas comment m'y prendre. Je lui mordis la tête et tirai avec force ; les crocs transpercèrent ses os, je les sentis craquer sous ma langue. Sara lançait des cris désespérés, elle agitait ses ailes, tandis que je continuais à la déchiqueter.

— Son cou, imbécile ! À ce rythme, c'est demain que tu vas la tuer !

À ce moment-là, la peur avait reculé. Elle semblait retournée sur l'arbre mort, au nid de rouge-gorge ; mes pensées s'étaient asséchées, j'agissais sous l'injonction d'un désir invincible, mû par le sang. J'arrachai la tête de Sara d'un coup sec, et son corps se mit à courir dans l'enclos. Une fois tuée la première, j'aurais pu les tuer toutes. Je dus me retenir pour ne pas poursuivre les autres. Le corps de Sara s'écroula par terre, je recrachai sa tête. D'un coup, l'euphorie disparut et je me retrouvai le souffle court, heureux et horrifié à la fois. J'allai ramasser le corps et retournai auprès du vieux renard. Les larmes coulaient sur mon museau, indépendantes de ma volonté.

— Tu as fini avec tes enfantillages ? me dit-il.

— Oui, monsieur.

Je sanglotai.

Il fit un geste et je me préparai à recevoir un coup, au lieu de quoi il ôta ma laisse.

— Rentrons.

Nous nous dirigeâmes à nouveau vers la colline. Le corps de Sara, sur le dos du vieux renard, se balançait à chaque pas.

Je n'avais plus peur, mais je continuai à pleurer, de joie.

IV

AVANT, APRÈS, LES GUÊPES

Le lendemain, je travaillai dans mon coin, sans personne pour me surveiller. Je m'acquittai de ma tâche comme toujours, résistant à la fatigue, et je ne cherchai pas à m'enfuir. Le vieux renard fit affaire avec quelques clients, puis il s'installa dehors, sur sa chaise, pour prendre le soleil. Il avait le museau satisfait.

— Bravo, poulette ! me hurla-t-il.

J'étais content aussi. Je préférais « poulette » à « poil de cul ». Je sentais que j'étais devenu fort d'un coup, un vrai animal. Ma patte me faisait mal, mais je n'y prêtais pas attention, je ne pleurais pas ; tout mon esprit était absorbé par ce que j'étais en train de faire.

— Tu sais ce que Dieu a fait aux Égyptiens ?

Je marchais droit devant moi avec mon seau d'eau.

— Dix plaies, rien que ça ! L'eau transformée en sang, les grenouilles, les moustiques… et les autres, j'ai oublié.

Nous dînâmes d'une moitié de Sara, Gioele fut invité à table avec nous.

— Je suis fatigué de cuisiner, disait le vieux renard. Il va falloir que j'apprenne à Poulette, quand il sera un peu dégrossi.

Nous restions silencieux.

— Raconte-moi les blaireaux.

Il regardait le chien.

— Fosco est malade, il a du sang dans la gueule.

— Je m'y attendais. Et donc ?

— Ils pensent qu'il ne va pas s'en tirer. Le fils aîné a demandé cinq jours.

Le vieux renard recracha un os.

— Comment il s'appelle ?

— Salvo.

— Et il connaît le chemin, Salvo ?

Le fils du blaireau savait où payer. Le vieux renard se convainquit qu'il était fiable, et cinq jours pour rassembler le dû lui semblèrent honnêtes. Il allait de soi, cependant, que ce délai serait facturé, détail que Gioele assura avoir déjà communiqué. Le vieux renard se lança alors dans un discours sur le respect qu'il inspirait aux autres. Il dit que la peur les rendait précis, comme l'aube le matin, mais pas plus intelligents.

— Et ça vaut mieux comme ça, conclut-il.

Quand les assiettes furent vides, il me fit signe de les débarrasser.

— Demain, apporte la moitié de poule aux fouines de chez Zò, dit-il au chien.

Gioele secoua la tête.

— Et comment je les trouve ? Je n'y ai jamais été.

Le vieux renard eut l'air pris de court. Ses yeux se mirent à chercher une réponse.

— Ah oui, c'est vrai. Annette n'a jamais de dettes.

Il réfléchit quelques secondes.

— Amène-le avec toi.

Il parlait de moi. Je sursautai, les oreilles dressées.

— Tu saurais aller chez ta mère, Poulette ?

— Presque, monsieur.

Quelque chose me mordit le ventre. Mon cœur remonta jusqu'à mes tempes. L'image de la tanière, du grand lit, me traversa la tête. Je me sentis heureux, puis curieux, puis je tombai dans un tourbillon indéchiffrable. Louise s'arrêta devant mes yeux, avec le bruit de l'eau. J'essayai de comprendre si je n'étais pas surtout content de m'éloigner de la colline.

— S'il s'enfuit, tu le tues et, tant qu'à faire, ramène aussi ses restes. Mais tu verras, il ne le fera pas. Pas vrai que tu ne t'enfuiras pas, Poulette ?

— Non, monsieur. Surtout que je boite.

Il rit.

— C'est bien ce que je disais.

Nous prîmes la route le lendemain, le soir venu et ma journée de travail achevée. Le vieux renard marqua la moitié de poule avec la couleur habituelle et la donna au chien. Au bout du pré, mon compagnon s'arrêta.

— On va vers les champs de Zò. Dès que tu te rappelles, c'est toi qui guides.

J'acquiesçai. Puis je regardai la colline se cacher derrière les arbres.

Gioele maintenait une allure modeste, j'arrivais à le suivre sans effort. C'était lui, en fait, qui devait se forcer à aller lentement. S'il prenait trop d'avance, il se retournait et revenait sur ses pas pour parcourir à nouveau le chemin avec moi, avec une patience amicale et silencieuse.

Il n'était plus l'impitoyable homme de main de notre maître commun. Je commençais à me sentir à mon aise, si bien qu'au bout de quelque temps, abandonnant toute prudence, je tentai de rendre le voyage encore plus agréable.

— Tu viens d'où, Gioele ? lui demandai-je alors que la nuit nous caressait déjà les yeux.

Le chien me considéra un instant puis il reprit sa route. J'étais en train de me repentir d'avoir parlé quand il répondit, comme tiré d'un songe :

— D'un nid de guêpes.

Je fus aussi stupéfait de sa réponse que du fait d'en avoir finalement reçu une.

— Comment ça ? insistai-je.

— Solomon a trouvé un nid de guêpes à côté de sa tanière, il l'a décroché et le nid s'est cassé. C'est comme ça que je suis venu au monde, et il m'a gardé avec lui.

Je n'avais jamais entendu pareille histoire. Je me souviens que je gardai le silence un temps, me demandant par quel enchantement des guêpes pouvaient fabriquer un chien.

— Moi je ne viens que de ma mère, fis-je.

Gioele opina du chef, mais sans rien ajouter.

Après une petite côte, je reconnus les Trois Torrents. À partir de là, je commençai à ouvrir la route, frémissant chaque fois qu'apparaissait un détail de mon passé. Je reconnus le buisson dans lequel je m'étais caché pour ma première chasse et retrouvai les sensations que j'avais éprouvées alors, tapi entre les feuillages. Les arbres, bien que différents en cette saison et distordus dans les ténèbres, semblaient tout droit sortis de mes souvenirs. Il en allait de même pour les odeurs et certains sons familiers.

Je m'aperçus que j'étais en train de ralentir le pas, ému que j'étais de ce voyage dans le temps, cette confrontation entre l'avant et l'après, cette distance que je n'avais encore jamais parcourue, pas même dans mon imagination.

— Qu'est-ce qu'il y a ? Qu'est-ce qui t'arrive ? demanda le chien.

Je retrouvai mes esprits. Étourdi, mais éveillé.

— Rien. Par là.

Nous avancions vite.

La tanière de ma mère surgit au loin. Les deux arbres qui l'entouraient s'étaient couverts de feuilles bruyantes, et l'herbe avait poussé devant l'entrée. Par la lucarne éclairée, quelqu'un regardait dehors. Distinguant le museau balafré de Cara, je fus parcouru d'un petit frisson d'excitation ; elle ne bougea pas, mais peut-être me reconnaissait-elle.

Nous nous arrêtâmes.

— Je ne rentre pas là-dedans. Je suis trop gros, dit Gioele en me tendant la moitié de poule. Essaie de te dépêcher.

J'acquiesçai et me faufilai à l'intérieur.

La tanière était plus petite que dans mes souvenirs. Minuscule, misérable. Le toit, très bas, me força à me courber ; il faisait moins bon à l'intérieur qu'à l'extérieur. Mais ces considérations ne m'occupèrent qu'un éclair de seconde. Ils étaient à table et finissaient leur repas. Ma mère, à sa place habituelle, Louise, aussi belle que dans mes rêves, et un inconnu. Assis à ma place. Ils interrompirent leur repas pour braquer leurs yeux dans ma direction.

C'était une fouine adulte, le poil foncé, la tête massive. Les pattes sur la table, il mâchait encore à pleines dents son dernier morceau de nourriture. Ses yeux étaient rivés sur moi, déterminés. Je m'aperçus alors que l'endroit avait également changé d'odeur.

— On peut savoir ce qui se passe ? avait marmonné ma mère.

Je m'ébrouai, tournai mon regard vers elle. Je savais qu'elle m'avait reconnu, elle s'était parée de cette expression de mépris qu'elle m'avait toujours réservée.

— Mon maître vous envoie la moitié de poule, bafouillai-je en tendant le morceau de viande, comme une preuve.

— À la bonne heure. Va la poser là-bas, dit-elle en m'indiquant la cuisine.

Je ne bougeai pas.

— C'est qui, celui-là ?

En temps normal, je n'aurais jamais osé. Mais j'étais bouleversé. Ma mère écarquilla les yeux.

— Occupe-toi de tes affaires, merdeux ! Laisse cette poule et va-t'en !

Ses paroles n'eurent aucun effet, j'étais incapable de m'arracher au spectacle de cette pièce sordide. Cara n'avait même pas levé la tête.

— Où est Leroy ? Et Otis ?

Ma mère se leva et me donna un coup de patte. La moitié de Sara chuta par terre, et moi avec.

— Tu es sourd ? Je t'ai demandé de partir !

— Maman... murmurai-je, récoltant un autre coup.

En proie à la douleur et à la confusion, je jetai un regard à Louise, encore à table, qui me fixait.

— Salut, Archy, dit-elle tout bas.

L'instant s'étira. Je me relevai, et sans lâcher ma sœur du regard, m'employai à décrypter le message que son expression m'adressait. Les yeux tremblants, les oreilles à moitié rabattues, la bouche hésitante ; il y avait trop d'informations nouvelles et contradictoires, un mélange de bonheur et de peur, d'agitation et de silence. Louise était méconnaissable. Avec ce museau, il était impossible d'imaginer que je lui avais parlé, que nous avions été proches, unis. J'avais l'impression de ne pas la connaître, et pourtant ce quelque chose qu'elle cherchait à me transmettre se réfugiait là, dans mes souvenirs.

Ma mère me mordit dans le cou et me repoussa jusqu'à l'entrée. Pour éviter une nouvelle morsure, je m'éloignai en vitesse, courus hors de la tanière, et elle ne chercha pas à me poursuivre. Elle m'avait peut-être ouvert la chair mais la confusion qui régnait en moi dépassait de loin la douleur. Gioele m'attendait.

— Allons-y, dit-il.

— Un instant, je te prie.

Le chien me regarda. J'avais cru qu'il ne m'écouterait pas, au lieu de quoi il s'assit et me fit signe de faire comme je l'entendais.

Je me tournai vers la tanière de ma mère. Cara était toujours à la fenêtre. En quelques pas, j'étais devant elle, recourbé sur moi-même de façon à ne pas me faire voir des autres occupants. J'apercevais l'inconnu devant son assiette.

— Cara, c'est moi, tu me vois ? soufflai-je.

— Je te vois, répondit-elle dans un filet de voix.

— Qu'est-ce qui s'est passé ?

— Attends.

Elle se retourna et quitta son point d'observation. Peu de temps après, elle sortit de la tanière, la démarche lente et tâtonnante. Nous rejoignîmes Gioele.

— Ils me croient aveugle. Heureusement, sinon il m'aurait sans doute chassée.

Cara avait toujours le museau renfrogné et la voix froide, détachée, qui était la sienne depuis qu'elle avait perdu un œil.

— Il s'appelle Mathias. Mais pour nous, c'est papa. Avec son arrivée, beaucoup de choses ont changé.

Elle commença à raconter, j'étais tout ouïe. Même Gioele tendait discrètement l'oreille.

Mathias était apparu dans la tanière de notre mère peu de jours après mon départ. Personne ne savait d'où il venait, ni quelle histoire il traînait derrière lui. Il était plus jeune que maman, cela se voyait à son poil et à ses manières agressives, à la facilité avec laquelle il s'endormait. Ils étaient arrivés ensemble, sans doute s'étaient-ils rencontrés quelques jours plus tôt, dans le bois, alors qu'elle partait à la chasse. Il était tombé amoureux d'elle, maman ne demandait pas mieux. Elle n'avait pas montré d'opposition. La saison des amours se propage comme le pollen dans l'air. Avec lui, ma mère riait, s'intéressait à quelqu'un, détendait son museau perpétuellement tiré ; on aurait dit qu'elle couvait cette métamorphose depuis une éternité. À présent, elle était sotte et pleine de rêves.

Avec ses enfants, cependant, elle se montrait toujours aussi cruelle. Elle les traitait de bâtards, leur demandait de se taire, de se faire tout petits. Elle aurait été ravie qu'ils disparaissent du jour au lendemain, bien qu'elle continue à leur rapporter à manger. Face à mes frères, son regard s'éteignait ; elle retombait en elle-même, dans un néant triste et familier.

L'odeur des mâles incommodait Mathias. Il s'était bagarré sur le lit avec Leroy et l'avait chassé en lui demandant de ne plus revenir. Le lendemain, il avait pris Otis et l'avait mis dehors. Otis était malade depuis quelques jours, il avait la respiration sifflante, ne descendait plus du lit, avait du mal à manger et paraissait encore plus petit et tordu. Ses jours étaient comptés, pourtant Mathias lui ordonna de choisir un chemin et de marcher tout droit. Otis ne bougea pas. Il resta dehors toute la nuit, à pleurer, puis le lendemain, sans pouvoir rentrer. Ma mère l'emmena au loin quand il fut roide.

À partir de ce moment-là, les femelles durent commencer à l'appeler papa. Louise lui plaisait, il la caressait en cachette quand maman regardait ailleurs, il faisait très attention. Cara décida de jouer à l'aveugle pour ne pas courir de risque. S'il avait découvert qu'elle était au courant, il l'aurait chassée, elle aussi, ou même tuée. Il ne l'avait gardée dans la tanière que parce que cela lui permettait de garder sa sœur. Cara savait que sa survie dépendait de sa capacité à disparaître le plus souvent possible, tout comme Louise savait qu'elle ne devait pas parler. Cara passait son temps à la fenêtre : tant qu'elle avait quelque chose dans son assiette, elle ne se plaignait pas.

Mathias ne chassait pas, il laissait notre mère sortir seule. Quand elle s'en allait, il prenait Louise et ils disparaissaient ensemble dans les bois, fébriles et silencieux, comme des voleurs emportant leur butin. Ils rentraient séparément, d'abord elle, puis lui, ou le contraire ; le plus souvent, maman n'était pas encore à la maison, mais si c'était le cas, ils disaient qu'ils étaient allés aux baies, et elle les croyait.

Cara marqua une longue pause.

— Je ne sais pas quoi te dire d'autre, ajouta-t-elle. Comme tu as vu, plus personne ici n'a grand-chose à voir avec tes souvenirs. Ni avec les nôtres.

Elle fit demi-tour et s'éloigna de sa démarche incertaine. Gioele se mit en route, je le rejoignis une fois que ma sœur eut regagné la fenêtre. La nuit était noire et nous avancions vite, du moins faisais-je tout mon possible pour maintenir l'allure. À chacun de mes pas, quelque chose s'éloignait. L'euphorie initiale s'évanouissait dans la nature, l'émotion de rentrer, de retrouver le bois. Le grand lit, la tanière, Louise au ruisseau, le nid de rouge-gorge, tout cela : emporté par un puissant courant. Passé et présent refusaient de cohabiter, l'un avait étouffé l'autre. Mes sœurs et ma mère avaient le même museau que Mathias, et Leroy et Otis s'effaçaient en même temps que le reste, tels des songes enfuis au réveil.

Gioele s'aperçut que je ruminais.

— Si tu étais né des guêpes, tu ne te ferais pas autant de mouron, me dit-il.

Il avait raison. Et pourtant, j'eus l'impression qu'il était triste.

V

DIEU

Les jours qui suivirent s'écoulèrent lentement. Les yeux dans le vide, je me laissais distraire. J'étais encore désorienté par la somme des souvenirs perdus. L'odeur que j'avais sentie là-bas, dans la tanière, revenait me hanter sans prévenir. Quand je pensais à Louise, Mathias apparaissait aussitôt. L'expression de Cara à la fenêtre, la même qu'elle avait lorsque je revenais de mes premières sorties, s'éloignait.

— On rêvasse, Poulette ? Quoi, tu as la nostalgie de ta famille ? m'avait houspillé le vieux renard.

J'avais fait non de la tête. J'avais la nostalgie d'une famille disparue.

Cinq jours après mon voyage, comme l'avait prédit Gioele, le fils du blaireau arriva au pré pour apporter son dû. Il monta jusqu'à la colline et entra dans la tanière. Je venais de remplir d'eau la grande bassine de la cuisine. Le visiteur laissa tomber aux pieds du vieux renard deux sacs de légumes et un sac de graines.

— Comment va ton père ?

— Très mal.

Solomon grogna.

— Et les intérêts ?

Le jeune blaireau fouilla dans l'un des deux sacs et en tira une petite boîte. Elle était en bois, avec des gravures colorées. Les yeux du renard s'illuminèrent d'un coup, et d'un geste, il l'arracha des pattes de son client. Il se pencha sur la boîte comme s'il voulait la manger et se détourna légèrement, tout à la contemplation de l'objet.

— Où est-ce que tu as trouvé ça ? souffla-t-il.

— Je ne sais pas. C'est à mon père.

— Bon, bon. Nous sommes quittes, tu peux rentrer chez toi, j'efface ta dette.

Il avait parlé sans se retourner. Le jeune blaireau s'apprêtait à partir.

— Tu veux une poule ? Du blé ? grommela Solomon distraitement.

Le blaireau s'arrêta sur le seuil de la porte.

— Non, merci.

Le vieux renard était encore hypnotisé par ce qu'il tenait entre les pattes.

— On en reparlera, l'été ne dure qu'un temps.

Quand nous nous retrouvâmes tous les deux, je m'approchai de lui.

— C'est quoi ?

Il sursauta. Il ne s'attendait peut-être pas à ce que je sois encore dans la tanière.

— Qu'est-ce que tu fais ici ? s'écria-t-il en serrant la boîte contre lui. Retourne bosser !

— Je mettais de l'eau dans la bassine, monsieur, couinai-je.

— Tu as le nez plus long que la queue, poil de cul !

Il passa devant moi pour aller s'enfermer dans sa chambre. Je ramassai les sacs de légumes et de graines, les rangeai à leur place, puis retournai à mes affaires.

Les jours suivants, le vieux renard se montra à peine. Il ne sortait de sa chambre que pour accueillir un client, ou aux heures des repas. Il apportait la boîte à table et continuait à la fixer entre chaque bouchée, concentré, la touchant de temps en temps. Il avait l'air de lui demander quelque chose, la réponse à un désir qui le tourmentait. À force, je me désintéressais moi aussi de mon assiette. J'essayais l'air de rien d'étudier l'objet à l'autre bout de la table.

Sous les pattes du vieux renard, les bordures de la boîte arboraient des incisions colorées. Sur une face, je reconnus des animaux qui luttaient entre eux, sur deux autres, ils se poursuivaient furieusement. La quatrième, quand le vieux renard l'orientait dans ma direction, montrait des créatures que je n'avais jamais vues, très hautes, les unes à côté des autres. Elles étaient peintes en blanc et regardaient au loin. Mais je voyais rarement ces formes, car le renard les gardait presque toujours devant lui.

— Qu'est-ce qu'il y a, tu n'as pas faim ?

— J'ai faim, monsieur. Je mange.

Je retournais à mon assiette. Attendais qu'il se perde à nouveau dans ses rêveries, puis recommençais à épier.

Il laissait souvent son assiette à moitié pleine. Il se levait et disparaissait dans sa chambre, porte fermée. C'était alors à moi de débarrasser. De toute façon, j'étais rodé.

Je n'avais jamais vu la pièce où il dormait, n'y étais jamais entré. Les premiers jours, j'en avais eu un aperçu par la porte entrouverte, mais je n'avais pas voulu courir le risque de m'attarder. Même au lit, le vieux renard continuait sûrement à retourner la boîte entre ses pattes, émerveillé. Le soir, quand il me laissait seul, la grande tanière devenait mienne. J'allais et venais, m'asseyais à la place du maître dans l'entrée, sous la lucarne, grignotais des grains de raisin. Je pensais à Mathias, et au museau de Louise. Je me sentais en mon royaume.

— Fais à manger, Poulette.

Le vieux renard avait toujours les yeux sur la boîte. Je tressaillis, mais sans me laisser envahir par la peur : je l'avais tant de fois vu cuisiner que je devais pouvoir me débrouiller.

— Quoi, monsieur ? demandai-je tout de même.

— Un œuf et une tomate par personne, allez, au boulot et en silence.

Il frappa la table de ses pattes.

— Il faut que je comprenne. Je ne peux pas ne pas comprendre.

Il se parlait à lui-même, mais j'eus envie d'intervenir.

— Quoi donc ? murmurai-je.

Le vieux renard se retourna vers moi, montra les crocs, ses poils se dressèrent sur son crâne.

— Pourquoi tu ne la fermes pas quand je te le demande ? Je t'ai déjà dit de ne pas fourrer ton nez partout !

Il lança son assiette dans ma direction, me manqua de justesse. J'allai me réfugier dans un coin de la pièce.

— Fais à manger et ferme-la, poil de cul !

Il se mit debout.

— Si je t'ordonne quelque chose, tu m'obéis, c'est clair ? On n'est pas copains, toi et moi !

Il avait dû en se levant avoir un mouvement brusque : la table trembla et la boîte tomba par terre. Le bruit me transperça les tympans, traversa chaque veine de mon corps, comme un souffle glacé. Le vieux renard se figea, les yeux rivés au sol. Mon cœur tambourina dans ma poitrine, l'oxygène me fit tourner la tête ; je sentis monter les larmes, en même temps que la peur, et me terrai dans le coin.

Soudain, un son tel que je n'en avais jamais entendu auparavant résonna dans la pièce. C'était de petits coups lancés dans l'air, successivement, tous différents les uns des autres. Ils tourbillonnaient ensemble dans un va-et-vient docile qui caressait les oreilles. La boîte s'était ouverte, une figurine semblable à celle gravée sur le côté tournait en rond, suivant le son. Nous restâmes à l'observer un long instant, immobiles, captifs.

— Ah ! fit enfin le vieux renard. Ah !

Il se baissa pour ramasser la boîte et referma doucement le couvercle. La figurine disparut en dansant et le bruit cessa. Solomon attendit un instant, puis il rouvrit le couvercle, et tout recommença.

— Ah ! dit-il encore.

Je quittai mon coin. Le bruit m'apaisait, autant que le museau allègre du vieux renard.

— Qu'est-ce que c'est ? demandai-je émerveillé.

Il me sourit.

— C'est ça, le secret ! L'un des secrets de l'homme ! s'écria-t-il.

Il partit dans sa chambre, emmenant le bruit avec lui. Je rangeai la cuisine et mangeai seul.

L'été brûlait l'herbe du pré. Elle se colorait de jaune et se mettait à tintinnabuler dès que le vent la balayait. Travailler était devenu plus difficile, je manquais de souffle et mes yeux se fermaient tout seuls, j'allais souvent boire au ruisseau. Quand il faisait trop chaud, je m'installais à l'ombre du rocher, tressais des paniers ou confectionnais des sacs. Le vieux renard restait dans la tanière à faire ses comptes, complètement remis de sa fascination pour la boîte. Les jours qui avaient suivi sa miraculeuse ouverture, il avait continué à l'écouter en boucle, au point que j'avais appris par cœur le son qu'elle produisait et les mouvements de sa silhouette tournante, puis la boîte avait fini par disparaître dans sa chambre. Un jour que je profitais de l'ombre,

Gioele revint du pré avec un lapin mort dans la gueule. Il s'arrêta à mes côtés pour reprendre haleine, abandonnant sa victime au sol.

— C'est qui ? demandai-je.

— Un des fils de Tito.

— C'est qui, Tito ?

— Un qui ne paye pas.

Le corps du lapin était tordu et ensanglanté. Il lui manquait des poils autour du cou et sa face était encore figée dans un cri silencieux. Gioele, contemplant les cimes des arbres au bout du pré, recommençait peu à peu à respirer normalement. Tito avait sans doute pris la fuite et Gioele avait été obligé de se replier sur une proie plus facile ; ou bien avait-il tué à dessein le fils du mauvais payeur pour contraindre ce dernier à éponger sa dette. Je savais bien peu des activités de Gioele hors du pré. Mais une chose était sûre : il exécutait tous les ordres du vieux renard.

La question jaillit indépendamment de ma volonté :

— Tu sais, toi, qui est Dieu ?

Il ne détacha pas son regard des arbres.

— Le père des hommes.

J'étais stupéfait. Gioele connaissait Dieu, et Dieu était le père des hommes. Combien d'enfants pouvait-Il avoir…

— Comment ça se fait que tu Le connais ? enchaînai-je.

— Et toi ? répondit-il.

— Moi, je ne Le connais pas. C'est Solomon qui en parle.

— Voilà.

Nous gardâmes le silence. Au moment où je pensais la discussion close, le chien se tourna vers moi.

— Solomon a quelque chose dans sa chambre. Il le cache, mais je sais que c'est avec ça qu'il a connu Dieu.

Sans me laisser le temps de réagir, il avait repris le lapin dans sa gueule. Il s'éloigna vers l'entrée de la tanière pour montrer son trophée au vieux renard. Ma curiosité était plus aiguisée que jamais. Je me remis à confectionner des paniers.

La première feuille d'automne tomba sous mes yeux alors que je ramassais des pommes. Les arbres se dénudaient progressivement, se teintaient de rouge et de jaune, le vent changeait de direction. J'avais encore grandi, je m'étais fait plus robuste et plus fort, je travaillais la journée et préparais les repas le soir.

La nuit, je pensais aux secrets du vieux renard, à quand et comment j'allais pouvoir commencer à enquêter, partagé entre la peur et le désir. J'essayais de me rappeler le son léger de la boîte, à présent disparu de ma mémoire, puis je m'endormais et faisais des rêves intenses.

Le vieux renard m'envoya ramasser du bois de chauffe pour l'hiver. Il dit qu'il fallait être malin, que c'était un travail qui nécessitait de s'y prendre à l'avance. Je sortais du pré et j'allais chercher les rameaux tombés au sol, je prenais des branches sèches, mais elles n'étaient jamais assez grosses.

— Ça, ça brûle en une seconde. L'hiver dure cent jours. Tu veux te réchauffer une seconde seulement, Poulette ?

Les branches qui ne lui plaisaient pas, il me les lançait à la figure. Je les esquivais plutôt bien.

— Tu sais ce qui est arrivé à l'homme qui ramassait du bois le samedi ?

J'aurais voulu le savoir.

Un jour venteux, je trouvai le renard assis à côté de la lucarne, mangeant du raisin. J'étais en train de faire des allers et retours avec le seau d'eau. La sixième fois que je passai devant lui, il s'était endormi, et j'eus l'impression qu'il aurait pu rester ainsi pour toujours, les yeux fermés et le souffle docile. Inoffensif et muet. Je posai mon seau et me dirigeai vers sa chambre sans y réfléchir à deux fois.

La lumière y pénétrait par un soupirail impossible à détecter de l'extérieur. Un grand lit flanqué d'une lampe de chevet en occupait le centre, les murs étaient recouverts d'un tas d'objets étranges. L'odeur était à la fois fraîche et ancienne, elle attisait ma curiosité, elle augmentait et diminuait en fonction de l'endroit où je me trouvais. J'observai d'absurdes instruments en métal, des objets aux mécanismes interdits, reproductions de ces mystérieuses créatures blanches. Sur une petite table, je reconnus la boîte, parmi d'autres trophées, sans doute plus importants que les autres. La tentation de l'ouvrir fut difficile à maîtriser.

Je n'avais aucune idée de l'objet que j'étais en train de chercher, pas plus que je ne pouvais imaginer à quoi ressemblait un instrument susceptible de me faire connaître Dieu. Cette chose était cachée, c'est tout ce que je savais.

— Sale petit bâtard lâche et manipulateur !

Je me retournai. Le vieux renard m'observait depuis le seuil de sa chambre en mastiquant un grain de raisin. La rage gonflait son abdomen.

— Tu veux me voler, c'est ça ? Qu'est-ce que tu es en train de faire ?

Il vint à moi en trois pas. Je me recroquevillai sur moi-même, parant déjà les coups.

— Je cherchais Dieu ! criai-je.

Il me frappa fort, encore et encore.

— Dieu te maudisse ! Voleur ! Poil de cul ! vociférait-il.

Je hurlais de douleur et finis par éclater en sanglots.

— Moins que rien, misérable fils de personne ! Tu cherchais Dieu ? Tiens, le voilà !

Le vieux renard me donna un autre coup, puis il s'arrêta net. Je laissai passer quelques secondes, relevai la tête : il était plié en deux, les yeux grands ouverts, les pattes serrées autour de la gorge, ne laissant échapper que des gargouillis étranglés, et se déplaçait d'une manière erratique. Encore endolori, je me relevai mais le renard m'attrapa par le pelage.

— Seigneur… implorai-je.

Il m'agrippa fort puis il tomba à terre, toujours en lutte contre lui-même. Je me penchai sur lui et commençai à le secouer, comme pour chasser un adversaire invisible. Le vieux renard se démenait, se contorsionnait, et je continuai à l'empoigner. Soudain, il toussa, respira de nouveau. De sa gueule jaillirent deux pépins de raisin. Il toussa encore, toussa jusqu'à ce que ses babines se recouvrent de bave et que ses narines s'emplissent de mucus. Ses yeux rejoignirent leurs orbites et il se frotta la gorge en silence, allongé par terre, encore tremblant.

— Monsieur…

— Sors d'ici ! aboya-t-il.

Je ne me le fis pas répéter.

Pendant six jours, le vieux renard resta mutique. Il ne me punit d'aucune façon, ne montra pas le moindre signe de ressentiment. Il s'asseyait dehors et regardait au loin : il restait là toute la journée, jusqu'à ce que le soleil décline, disant aux clients de revenir plus tard. S'il n'était pas rentré à la nuit tombée, je lui apportais une assiette qu'il touchait à peine. Il avait le regard perdu, le museau froncé, les pattes ballantes.

Ce changement d'attitude m'intrigua. Si je mettais bout à bout les événements passés, j'en déduisais que Dieu était le coupable. Le vieux renard pensait peut-être avoir été puni, comme les Égyptiens, ou comme l'homme qui ramassait du bois le samedi. Il m'avait frappé, et Dieu l'avait puni. Je cherchais Dieu, et le vieux renard m'en avait empêché. Ces pensées me conduisirent à nouveau devant la porte de sa chambre, mais il l'avait bloquée.

Le sixième jour, alors que je lui apportais son assiette, je le surpris en train de pleurer.

Des larmes inondaient son museau et il poussait des gémissements rauques, sans retenue.

Il s'était tourné vers moi.

— Je n'en veux pas, dit-il en repoussant l'assiette.

Même à ce moment-là, il semblait se parler à lui-même. Je le regardai sans répondre, son repas toujours au bout du bras.

— Je n'en veux pas, répéta-t-il.

Il poussa un profond soupir, se calma, couvrit ses yeux avec sa patte. La nuit éclairait ses crocs serrés.

— Va te coucher, Poulette.

Le lendemain matin, je le trouvai dans la cuisine, tassé sur lui-même.

Il n'avait pas dû fermer l'œil de la nuit, son assiette était toujours à l'endroit où je l'avais posée. Je me servis silencieusement à manger.

— Comment t'appelles-tu ?

Je me retournai vers lui. Il me fixait d'un air grave.

— C'est moi, Poulette, répondis-je, immobile, comme si cela allait l'aider à me reconnaître.

— Ce nom-là, c'est moi qui te l'ai donné. Comment t'a appelé ta mère ?

— Archy, monsieur.

Le vieux renard secoua la tête.

— Tu veux connaître Dieu, Archy ? demanda-t-il.

Un frisson me parcourut. J'attendis un instant.

— Oui, monsieur. Si vous voulez bien.

Il rit. Pendant quelques instants, son museau s'égaya.

— Tu n'es pas idiot. C'est une bonne chose.

Je m'assis. Le vieux renard sortit de sous son derrière un objet que je n'avais encore jamais vu. Rectangulaire, noir, gravé de marques dorées sur sa surface. Dans un bruit sourd, il le posa sur la table, évitant son assiette de justesse. Je tendis le cou pour mieux voir, mais le vieux renard plaça sa patte en travers.

— Tu sais ce qu'est la mort, Archy ?

Je le regardai, interdit. Ses yeux me suppliaient de répondre.

— C'est quand les autres s'en vont. Qu'ils s'endorment pour toujours.

Le vieux renard eut un sourire amer.

— La mort est la première volonté de Dieu, dit-il la voix brisée. Et elle ne concerne pas que les autres, elle concerne chacun de nous.

Il serra le poing, deux larmes coulèrent sur son museau.

— Je vais mourir, je le sais depuis longtemps. C'est ce que Dieu veut, et toi aussi, tu mourras.

Mon sang gela dans mes veines. Je fus saisi d'une peur profonde, enracinée dans mon âme, qui me criait de quitter cette pièce au plus vite, de m'enfuir loin. Je décidai de ne pas l'écouter et de rester où j'étais tandis que mon corps entier se raidissait. Le vieux renard chassa ses larmes.

— Eh bien oui, dit-il. Le jour du départ arrive pour tous. Si on m'avait raconté ça, quand j'étais jeune, je n'y aurais pas cru.

Dire que j'avais tout fait pour résister à cette absurde vérité. Je revoyais ma vie jusqu'à ce jour et comptais le nombre de fois où j'avais craint de mourir. Mais la mort avait toujours touché mes proches, jamais moi ; je l'excluais a priori de mon existence, je l'abandonnais derrière le monotone déroulé de mes jours, persuadé qu'ils auraient continué à s'écouler de la sorte, sans horizon. Je fus frappé par une force invisible. Le poids de l'air, de la terre sous mes pattes, du ciel, du bois, du moindre cours d'eau m'écrasa. Je me brisai à moitié.

Je montrai les crocs, pris une courte inspiration et, le cœur tambourinant dans la poitrine, me mis à pleurer à mon tour.

— Ce n'est pas vrai, geignis-je. Je ne veux pas.

Le vieux renard attrapa l'objet par un côté et l'ouvrit. Il contenait une infinité de fines feuilles attachées ensemble, pleines de symboles jamais vus, gravés en lignes horizontales.

— C'est dit ici, c'est la parole de Dieu. Chacun a une fin.

— Qui est Dieu ?

— C'est le père du monde.

Le vieux renard essuya de nouveau ses larmes.

— Le seul qui ne meurt pas.

VI

L'APPRENTI

Le vieux renard décida de m'enseigner tout ce qu'il savait. L'objet sur la table, la parole de Dieu, il me demanda de l'appeler livre, et les signes qui se trouvaient à l'intérieur, des écritures. Pour comprendre ce qu'elles disaient, je devais apprendre à lire. Le vieux renard savait faire ces deux choses, les lire et les comprendre, et comme j'étais devenu son apprenti, il me demanda de ne plus l'appeler monsieur, simplement Solomon.

Il me fallut quelques jours pour m'y faire. La terrible découverte de la mort m'ôta le sommeil, me priva de mes forces et me plongea dans un désespoir silencieux. Ce que je voyais me peinait, ce que j'entendais me parvenait distordu par un odieux écho ; mon appétit de la vie avait été éclipsé par la conscience de ma fin. Otis venait me trouver en rêve, et je pensais à lui quand j'étais éveillé. Je me rappelais les mots qu'il avait adressés à notre mère, assise à table avec nous.

« Je vais mourir parce que je ne grandis pas. »

Même s'il était triste, même s'il pleurait à chaudes larmes, il ne semblait pas tout à fait sûr de ce qu'il disait, pas autant que l'avait été Solomon. Cela restait un caprice d'enfant, une plainte innocente et pleine d'espoir : Otis non plus ne croyait pas à sa fin. Maintenant que je connaissais le destin de mon frère, je n'avais plus aucun doute sur le mien ni sur celui de toutes les autres créatures. Pourtant je n'aurais jamais cru pouvoir disparaître de ce monde. En me condamnant à mourir, le monde me disait qu'il ne m'appartenait pas.

Pendant cette courte période, le renard me libéra de mes tâches quotidiennes. Il cuisina pour nous deux et chercha à me consoler. Il allait mieux, lui, il était même de bonne humeur. Quand il me vit plus bas que terre, il commença par me dire d'aller me coucher.

— La mort, tu la tues en n'y pensant pas.

Je le regardai.

— Pourquoi ?

— Parce que ce n'est pas maintenant. Si je n'y pense pas moi, qui suis déjà tout décrépit, pourquoi tu devrais y penser, toi ?

J'allai me coucher dans mon trou. À ces mots, une partie de moi avait fait un saut en avant, ma poitrine s'était remplie d'un air neuf. Je me sentis ragaillardi.

Solomon me donna un livre déchiqueté, fait d'un tissu semblable à ceux que j'utilisais pour coudre les sacs. Il l'avait fabriqué de ses pattes, et il était fier de me le faire savoir. À l'intérieur se trouvait une liste détaillée de tous les signes que je devais apprendre, les lettres qui ensemble forment les mots, dessinées de la même couleur qu'il utilisait pour marquer sa marchandise. Le soir, après avoir accompli mes différentes tâches, je le rejoignais dans la cuisine et nous étudiions. Sur certains sons, le renard semblait un peu incertain ; si je le lui faisais remarquer, il s'énervait et disait qu'il fallait procéder par interprétation. Je comprenais vite et cela le réjouissait. Même quand j'avais travaillé toute la journée, je mettais dans l'étude toute l'énergie qu'il me restait, je posais des questions, me faisais répéter les instructions. Quand j'appris à distinguer les lettres, nous passâmes aux mots et à leurs significations.

— Au commencement, Dieu créa le ciel et la terre.

Telle fut la première phrase qu'il me fit lire. Bien que claudicante et écorchée, elle émut mon maître.

— C'est ça, bravo, dit-il.

Il se donnait beaucoup de mal pour m'éduquer, ne ménageait pas sa fatigue. À aucun moment il ne chercha à me presser ou à sauter des passages. Je décelais en lui une fougue cachée, un acharnement bienveillant dont j'ignorais l'origine. Si je ne comprenais pas un signe, il prenait le temps de m'expliquer, saisissant souvent l'occasion pour approfondir d'autres règles. S'il me voyait fatigué, nous faisions une pause ; si je manifestais de la curiosité, il m'encourageait. Je commençais à être à l'aise en sa présence, et lui ne m'avait pas repoussé ; à présent, nous nous adressions l'un à l'autre d'une façon différente, comme deux égaux, mus par des intentions communes. Un soir, je surmontai ma dernière peur en lui demandant comment il avait connu Dieu et comment il pouvait m'apprendre tout ce qu'il m'apprenait. Le vieux renard garda le silence, les yeux posés sur moi. Un frisson me parcourut.

— Dans ma jeunesse, j'étais un bandit, et je n'avais pas de tanière, commença-t-il.

À partir de cet instant, je me détendis, les oreilles bien dressées.

Solomon volait pour vivre, il errait d'un endroit à un autre, toujours dans la clandestinité. Certains lui demandaient de voler pour eux, ou de tuer un vieil ennemi. En échange, il recevait de leur part ce dont il avait besoin. Il n'y avait pas bandit plus rusé, ni miséreux doté d'autant d'esprit.

Un jour, au détour d'une de ses errances, il tomba sur un homme pendu à un arbre. L'homme était immobile et ne faisait pas de bruit, aussi le renard s'approcha-t-il de lui sans crainte. Il en goûta un bout, à l'endroit où il pouvait l'atteindre, puis un autre, et encore un autre. Alors qu'il cherchait à monter sur sa proie, s'agrippant au corps de l'homme, un objet lui tomba sur la tête. C'était le livre de Dieu. Effrayé, il s'éloigna, le crâne endolori, mais il revint peu après. L'objet s'empara de lui immédiatement, lui communiquant aussitôt sa valeur, s'adressant à lui en secret. C'était comme si Solomon avait été interpellé par une voix lointaine et pourtant familière. Il emporta l'objet avec lui.

Au début, il ne parvint pas à dialoguer avec. Il n'était pas capable de comprendre les mots, ni les lettres. L'objet demeurait pour lui un mystère, un tourment nocturne et insomniaque. Il ne lui était pas tombé sur la tête, du ciel, sans raison ; jamais, auparavant, au cours de son existence, le renard n'avait été amené à s'interroger au-delà de son instinct sur le sens profond des choses.

C'est ainsi qu'il commença à espionner les hommes. Il observait ce qu'ils faisaient, comment ils parlaient, se forçant à comprendre. Il fit la connaissance d'une chienne qui le prit en sympathie. Les enfants de son maître apprenaient à lire et à écrire, ce qui lui avait permis d'acquérir quelques rudiments. Solomon lui apportait ce qu'il capturait dans le bois, et elle lui faisait la leçon, restituant ce qu'elle avait compris en suivant de près les petits de l'homme.

Quand le renard réussit à lire, la parole de Dieu le frappa sur la tête encore plus fort. La vérité sur le monde et sur la vie détruisit celui qu'il avait été jusqu'à ce jour, l'arrachant à lui-même. Des jours durant, comme moi, il se laissa presque mourir ; puis il se ressaisit. Si Dieu avait décidé de lui révéler ces choses, il y avait forcément une explication.

— Je suis Son fils. Je suis un homme, me dit-il.

Je restai figé. Interrogeai ses yeux écarquillés.

— Un homme ? bafouillai-je.

— Oui, murmura-t-il. Il l'a déjà fait avec d'autres, tu sais ? Il m'a transformé.

Le renard regarda ses pattes comme s'il les voyait pour la première fois.

— J'étais un homme, sinon pourquoi serait-Il venu me chercher ? Je suis Son fils.

Il resta silencieux, perdu dans ses pensées.

— Pourquoi est-ce qu'Il t'a transformé ? demandai-je.

— Je ne sais pas, mais ça n'a pas d'importance, dit-il en souriant. Les hommes finissent toujours par être sauvés.

Nous poursuivîmes la lecture. Ses paroles tourbillonnaient dans ma tête. Ainsi que ma conviction de n'être qu'un animal.

Dieu créa la terre, le ciel, et un grand lac qui s'appelait mer. Il conçut Adam et Ève, qui à leur tour conçurent les hommes. Les juifs étaient Son peuple, et Il leur faisait combattre les autres, ceux qui ne Le connaissaient pas ou Le répudiaient. La plupart des passages de ce livre me racontaient des histoires lointaines et peu intéressantes, qui m'embrouillaient les idées. Dieu était bon et sévère. Il punissait ceux qui ne Lui obéissaient pas et restait coi quand on cherchait à L'approcher. Les hommes devaient L'adorer et respecter Ses lois, et s'ils se comportaient bien, ces derniers pouvaient aller au paradis.

C'était l'endroit où habitait Dieu, loin du

monde. Une fois morts, les esprits venaient L'y retrouver. Solomon croyait beaucoup à ce paradis, parce qu'il avait été un homme.

Les animaux, eux, n'avaient nulle part où aller, et cela m'angoissait.

— Et ceux qui connaissent Dieu ?

— Demande-le-Lui.

Depuis plusieurs jours, l'hiver s'était emparé du bois. De temps en temps, un peu de neige fraîche tombait, qui venait se déposer sur le tapis plus ancien. Solomon me donna une autre chambre, plus grande, avec une fenêtre. Il refusa que je le remercie, dit que c'était là qu'il faisait dormir ses poules, quand il faisait trop froid. Nous restions devant le feu, dans la cuisine, serrés l'un contre l'autre, consommant la pile de bois que j'avais préparée à l'automne.

— Ne convoite pas la femme de ton prochain. Qu'est-ce que c'est, la femme ?

— C'est l'homme femelle.

Si je l'interrogeais au moment opportun, Solomon continuait à me raconter sa vie. Il avait commencé à faire prêteur peu après avoir découvert Dieu, grâce à Ses enseignements.

— À partir de ce moment-là, j'ai compris que la vie, ce n'était pas que voler. Ou tuer, dit-il.

Il me semblait pourtant que c'était ce qu'il faisait, mais en le justifiant par un système plus complexe ; ça aussi, m'assura-t-il, il l'avait appris du livre de Dieu.

Quand il faisait trop froid, il m'envoyait porter à Gioele un panier rempli de bois. La tanière du chien était creusée dans la roche, au-dessus de nos têtes. Il ne possédait que le strict nécessaire. Chez lui, il passait le plus clair de son temps au lit ; je lui laissais le panier en le saluant, il répondait par un signe de tête. À d'autres moments, il venait manger chez nous, pour parler à Solomon de ses missions. S'il arrivait quand nous étions en train de lire, le renard me demandait de cacher le livre.

— Pourquoi ?

— Tais-toi et fais ce que je te dis !

Je lui posai de nouveau la question dans des circonstances plus paisibles.

— Dieu n'est pas pour tout le monde, répondit-il. Et sûrement pas pour les imbéciles.

Le renard m'adressa un regard mauvais.

— Tu es un imbécile, toi aussi ?

— Non.

— Voilà. Alors traite les imbéciles comme il se doit.

Il commença à me faire assister à ses discussions avec les clients. Quand on lui demandait qui j'étais, le renard répondait que j'étais son apprenti, et j'en étais fier. Il me donna la planche de bois sur laquelle il écrivait. M'expliqua qu'elle faisait apparaître toutes les échéances et les conditions de ses accords ; c'était grâce à cette planche que pas un jour de retard ni un seul grain de blé n'échappaient à sa vigilance. Il prenait note de tout avec un fin bâton qu'il trempait dans un bol de couleur rouge. C'était le sang de ses poulets, ou bien des cerises écrasées avec de la bave d'escargot. Il avait appris à faire ce rouge tout seul, comme les planchettes sur lesquelles il l'étalait.

— Avant, j'utilisais mon sang, mais je suis devenu trop maigre, m'apprit-il.

Solomon commença à me demander de marquer les biens qu'il prêtait. Je devais dessiner une croix sur le sac, ou sur le corps de la marchandise, afin que le client n'oublie jamais d'où ils venaient. Sur la planche, il inscrivait le nom et l'aspect du client, s'il était nouveau ou si c'était un habitué. Pendant la discussion, il se faisait préciser l'endroit où il habitait, la composition de sa famille, tout ce qu'il possédait. Tandis que j'apprenais à lire la parole de Dieu, le vieux renard m'enseignait l'écriture, me montrait comment fabriquer le meilleur support pour recevoir les mots, de façon que je puisse l'aider dans ses projets, une fois formé. Il me répétait que c'était un cadeau qu'il me faisait, et je n'en ai jamais douté.

Solomon me montrait les objets de l'homme, qu'il amassait depuis une vie entière ; il me montra une enveloppe de peau dans laquelle ils enfilaient leurs pieds, des planchettes sur lesquelles ils dessinaient, un bâton qui s'ouvrait pour former un abri, et d'autres menus trésors. Il avait compris leurs fonctions tout seul, y employant parfois des jours entiers, comme pour la boîte. Étant donné qu'il avait été un homme, il fallait qu'il parvienne à comprendre tout ce qui concernait ses semblables.

— Regarde ça.

Il lançait des petits cailloux sur la table. À chaque fois, ils faisaient apparaître une face différente.

— À quoi ça sert ?

— Je ne sais pas. Tais-toi !

Par moments, la vérité sur le monde me figeait sur place, peu importe ce que j'étais en train de faire. Je m'arrêtais au milieu de la neige, j'observais mes empreintes venir jusqu'à moi, et je gardais le silence. Le bois immaculé semblait plongé dans un profond sommeil, tout comme la plupart de ses habitants. Je me sentais gagné par une sensation de légèreté ; je pressentais à quel point les arbres étaient insignifiants, et l'herbe, et le ciel, et la terre. Je ne pouvais être davantage que celui que j'étais, puisque c'est ainsi que Dieu nous voulait. Je ne me rebellais pas, je me laissais porter par le courant. Et en être conscient ne changeait rien au constat que je me tenais là, arrêté au milieu du bois.

Ce fut dans un moment comme celui-ci que je le vis arriver d'entre les arbres. Il grimpa sur la colline d'un pas décidé, les épaules voûtées contre le froid et le museau massif pointé vers la porte de la tanière, gueule grande ouverte pour reprendre haleine. Je ne l'avais vu qu'une fois, mais je le reconnus aussitôt. Je me dépêchai de rejoindre la tanière.

Il était déjà en train de parler avec Solomon

qui l'écoutait, sa planchette à la main. Il avait une voix ferme.

— Je ne traite pas avec les vagabonds, ni avec les bandits ; ceux qui disparaissent sans laisser de trace, dit enfin le vieux renard. Si tu as quelque chose pour moi, tu ferais mieux de le sortir tout de suite.

— J'ai quelque chose, dit l'autre.

Je m'approchai. Quand il me vit, il ne sembla pas se souvenir. Il prit un petit sac qu'il gardait autour du cou et en vida le contenu.

Solomon éclata de rire.

— Tu veux me vendre des débris ? Tu me prends pour un imbécile ?

— Ça appartient à l'homme.

— Et c'est en mille morceaux. Tu ferais mieux de te trouver un trou avant la nuit, il va faire froid.

Je perçus qu'il se raidissait, qu'il était peut-être sur le point d'agresser le vieux renard ; j'en profitai pour regarder les petits fragments qu'il avait apportés, verts et lumineux. Les fragments du bijou avec lequel Cara et Louise avaient joué. Gioele arriva, m'arrachant à mes souvenirs.

— Alors, tu t'en vas ? Ou bien on te sert au menu de ce soir ? dit Solomon.

L'autre fit aussitôt profil bas, s'inclina et murmura quelque chose.

— Un œuf au moins…

— Hors de ma vue, pouilleux !

D'un coup de patte, le vieux renard fit tomber les débris par terre et lança la planche à la figure du nouveau venu. Celui-ci fit un pas en arrière, puis bomba le torse. À ce moment-là, Gioele s'interposa entre eux en montrant les crocs, et repoussa l'intrus jusqu'à la porte.

— Bon hiver, mon cher ! hurla Solomon.

Je sortis à la hâte pour voir où il allait. Il traversait le pré dans la direction opposée à celle par laquelle il était arrivé. Mathias, l'amant de ma mère. Qui disparaissait derrière les arbres.

— Qu'est-ce qu'il voulait ? demandai-je à Solomon.

— À ton avis ? De quoi manger. Dieu sait comme je hais les vagabonds.

Il ramassa la planchette par terre, il n'avait rien écrit.

— Que le froid l'emporte !

J'examinai un des débris au sol. Je n'avais aucun doute, c'était le bibelot de ma mère.

Un bourdonnement insupportable s'éleva en moi. La curiosité emplissait ma tête, l'angoisse, mon estomac ; j'étais prisonnier de mon ignorance et je n'avais jamais autant voulu m'en libérer.

VII

LES CHOSES QUI REVIENNENT

Je passai des nuits agitées, m'éveillant à la pâle lueur dispensée par ma nouvelle fenêtre. S'il neigeait, j'observais les flocons la traverser, repensant au rêve que je venais de faire : Louise m'amenait à la rivière et nous nous bagarrions, puis elle me demandait de m'enfuir. D'autres fois, je voyais la tanière de notre mère, au printemps, quand l'herbe repoussait. En ouvrant les yeux, j'étais empli d'une sensation amère ; le rêve me semblait encore plus irréel et douloureux, et pour peu que je me rappelle l'épisode de Mathias, je ne parvenais plus à me rendormir. J'essayais de ne pas y penser pendant la journée, mais cela m'était de plus en plus difficile. J'avais conservé l'un des morceaux que la fouine s'était mis en tête de vendre à Solomon, et je le faisais tourner entre mes pattes à chaque nuit d'insomnie, luttant contre ce besoin impérieux de savoir ce qui s'était passé. Je revivais mon retour et l'adieu que j'avais fait à mes souvenirs. D'une certaine manière, c'était comme si je m'étais contenté de les cacher. Maintenant, ils se déplaçaient dans le noir, à l'intérieur de mon sommeil, tandis que la journée, j'essayais de les ranger à leur place.

Le vieux renard ne mit pas longtemps à comprendre que quelque chose clochait.

— Tu es distrait.

— Non.

— Dis-moi ce que tu viens de lire.

Il soupirait, mais ne s'énervait pas. Il se montrait si patient que je me sentais coupable. J'aurais voulu ne pas être rattrapé par toutes ces choses.

Avec le froid, les clients se raréfiaient. Nous faisions affaire avec ceux qui n'hibernaient pas. Solomon commença à me demander d'écrire sur la planche pendant qu'il parlait avec eux, et j'essayais de m'appliquer.

— Tu as vu comme tu progresses ? Voilà, s'il essaie de m'avoir, celui-là, il est mort.

Il était content. J'étais incapable de l'exprimer, mais moi aussi, au fond, j'étais content.

Une nuit, je rêvai encore de Louise.

« Je suis belle, Archy ?

— Très belle. »

Ma sœur m'amenait au ruisseau. Elle regardait au loin, distraite par ses pensées. Nous nous liions puis reposions en silence, elle me disait qu'elle voulait partir. Je lui répondais que je le lui avais proposé, par le passé ; elle ne s'en souvenait pas.

« C'est la saison des amours », dit-elle. Elle ferma les yeux.

Je me réveillai le cœur battant à tout rompre, ma tête encore hébétée par une douce sensation qui disparaissait au fur et à mesure que ma vue s'accommodait à l'obscurité ; très vite, la douceur se transforma en une douleur aiguë : la preuve que mon esprit était las de se tourmenter. Je descendis du lit et j'allai à la fenêtre, la lune brillait sur la neige. Je décidai d'arrêter de lutter contre moi-même.

— Partir ? Tu es devenu fou ?

Solomon venait d'envoyer Gioele finir un travail. Je m'étais planté devant le vieux renard et je lui avais exposé mes intentions. Il m'avait regardé comme la poule qu'on s'apprête à égorger.

— C'est juste pour une journée, avais-je expliqué.

— Je te le redemande. Tu es devenu fou ?

Je fis non de la tête.

— Où veux-tu aller avec ce froid, boiteux et faiblard comme tu es ? Hein, idiot ?

Il s'approcha de moi, me soufflant sur le museau.

Je déglutis. J'avais les pattes toute flageolantes.

— Je ne m'enfuis pas, Solomon.

— C'est bien ce que je dis. Tu ne vas nulle part. Allez, au boulot, maintenant, je vais faire comme si je n'avais rien entendu.

Il tourna les talons et je fus saisi d'un élan de courage.

— Je n'ai pas le choix.

Le renard fit demi-tour et tenta de me donner un coup, que j'évitai en reculant.

— Tu as oublié qui commande, ici ? hurla-t-il. Tu ne bougeras pas d'ici, compris ? Tu m'appartiens.

Je restai immobile et soutins son regard. J'avais les larmes aux yeux mais restais campé sur ma décision. Un instant, Solomon parut décontenancé, puis il écarquilla les yeux et s'énerva pour de bon. Il saisit la première chose qu'il trouva, un panier d'œufs, et me le lança à la figure.

— Enlève-moi cet air de ton museau, ou je jure sur Dieu que je te tue !

Il se lança à ma poursuite mais je parvins facilement à l'esquiver, courant en tous sens, le corps recouvert d'œuf.

Solomon s'arrêta.

— Viens ici, poil de cul ! cria-t-il.

À l'autre bout de la pièce, je fondis en larme. Il me foudroya du regard.

— Ne me fais pas répéter. Je vais te tuer, je te jure.

Je savais qu'il disait la vérité.

Je me dirigeai jusqu'à lui en tremblant, l'échine pliée. Il me donna sur la tête un coup de patte qui me fit tomber.

— Où voulais-tu aller ? demanda-t-il.

— Chez ma mère, sanglotai-je.

Il me donna un autre coup de patte, plus fort.

— Tu ne vas nulle part, c'est clair ?

J'acquiesçai, tout concentré sur ma douleur.

— Dis-le, allez !

— Oui, monsieur !

Avec une force inattendue, il m'attrapa par la peau du cou et me souleva.

— Au boulot, alors ! pesta-t-il en me repoussant. Et va prendre un bain à la rivière pour t'enlever la merde du crâne !

Je sortis dans la neige, le pelage mouillé par les jaunes et les blancs d'œufs, frigorifié.

— Cesse de pleurnicher ! hurla-t-il à mon intention.

Solomon me regardait sur le pas de la porte.

— Fais semblant de ne pas être une mauviette !

Ce jour-là, nous ne lûmes pas. Je fis la cuisine puis nous mangeâmes en silence. Le museau du vieux renard paraissait détendu, et pourtant je savais qu'à l'intérieur, il bouillait.

— Va te coucher, m'ordonna-t-il.

Gioele n'était pas rentré, il allait peut-être passer la nuit dehors, Dieu sait où. Dans mon lit, tout sauf prêt à m'endormir, j'observais les ténèbres se mouvoir avec le vent. Je m'approchai de la fenêtre, où j'avais caché le morceau apporté par Mathias.

Au loin, dans la neige, se trouvait la tanière de ma mère. Et de Louise. Je n'arrivais pas à imaginer Louise, à la voir passer sous mes yeux, là, dans la nuit noire. L'obscurité n'offrait de refuge qu'à mon doute et à mon ignorance. Dormir aurait simplement exacerbé mon désir – le désir de savoir ce qui s'était passé. Je sortis par la fenêtre et me mis en route seul.

Au bout du pré, la neige était moins dense, les arbres l'ayant recueillie sur leurs frondaisons, aussi me fut-il facile de trouver mon chemin ; je me rappelais encore le trajet avec Gioele, et je me surpris à reconnaître des endroits que nous avions traversés ensemble. La nuit était opaque, effrayante, et le silence du froid accompagnait mon pas boiteux mais leste. J'étais terrorisé par cette décision, que je payerais le prix fort, parole de Solomon.

Pour me donner du courage, j'imaginais mon retour. Le vieux renard serait si soulagé de constater que je ne m'étais pas enfui qu'il ferait peut-être preuve d'indulgence.

Je dépassai la colline le plus vite possible – trop vite : je tombai plusieurs fois. Le faible murmure des Trois Torrents parvint à mes oreilles, l'eau avait du mal à se frayer un passage à travers la glace. Je me reposai un temps sous un sapin. J'avais froid, mon souffle était lent et affûté, tranchant sur la gorge. Un bruit au-dessus de ma tête me fit sursauter. Je m'éloignai du tronc d'un bond et j'aperçus un gros chat sur une branche. Il tenait entre ses mâchoires un rat qui se démenait en vain, livrant ses derniers spasmes. Le félin m'observa.

— Prends garde à toi, susurra-t-il.

Je repris ma route, poursuivi par son regard.

La tanière de ma mère était recouverte de neige. Les deux arbres au-dessus de la pierre étaient hideux et dépouillés, l'entrée, presque entièrement ensevelie. Une petite lueur brillait à la fenêtre, où manquait la silhouette de Cara. Je m'approchai prudemment, le cœur lancé vers l'inconnu.

— Qui est là ? jaillit une voix de l'intérieur.

Elle semblait agitée. La lumière s'éteignit aussitôt.

Je restai figé.

— C'est Archy.

— Va-t'en !

Je me tins à distance respectueuse de la porte.

— Excusez-moi, Annette ne vit plus ici avec ses enfants ?

— Je ne connais personne de ce nom, va-t'en, je t'ai dit !

Je gardai le silence. À l'intérieur, j'entendais quelqu'un bouger.

— Je ne vous veux pas de mal, dis-je. J'ai juste besoin d'un renseignement.

— Va-t'en ! Ou tu vas le regretter !

La voix était paniquée.

— Je vous en supplie. Je m'en irai après. Juste un renseignement.

À nouveau, j'entendis quelqu'un bouger. Au bout d'un long moment, la tête d'un grand lièvre apparut dans l'entrée enneigée. Il me regardait sans cligner des paupières, et de petits nuages rapides s'échappaient de ses narines.

— Qu'est-ce que tu veux ? demanda-t-il précipitamment.

— Un renseignement, s'il vous plaît.

— Parle.

— Il n'y avait pas des fouines, ici, avant ?

— Elles ne sont plus là.

Le grand lièvre continuait à me fixer, la tête à peine sortie de l'embrasure, et ajouta :

— J'en ai vu une, à moitié aveugle.

Je m'illuminai.

— Ah oui ?

À l'intérieur, une voix plus aiguë murmura quelque chose. Le grand lièvre disparut un instant. Je l'entendis discuter.

— Elle nous a laissé la tanière, dit-il à son retour. Ma compagne était enceinte, et nous avions froid.

Il prit quelques secondes pour réfléchir.

— Un geste inattendu, conclut-il.

— Où est-elle allée ?

— Elle nous a demandé où se trouvait la Grande Souche. C'était tout ce qu'elle voulait savoir.

J'essayais de me rappeler.

— Qu'est-ce que la Grande Souche ?

— Un endroit.

Il m'expliqua comment y parvenir en me fournissant les mêmes informations qu'à ma sœur. Quand il eut fini, la tête toujours à l'abri dans l'entrebâillement de la porte, il resta posté là, à attendre que je parte.

— Merci, dis-je.

— Adieu, répondit-il.

Je m'éloignai de la tanière de ma mère, de la tanière des lièvres. Dans le noir, et avec la neige, ce lieu n'avait aucun lien avec mes souvenirs.

Il me fallut du temps pour atteindre la Grande Souche. Pendant le trajet, mon angoisse grandit à l'idée de revoir ma sœur, de découvrir ce qui s'était passé ; j'avais commencé à avoir faim, mais je n'y pensais pas, pas plus qu'au froid.

Au pied d'une corniche, au milieu de la forêt, j'aperçus la souche d'un arbre tombé, gigantesque, cerné de ses racines apparentes. En dessous, au bout d'un renfoncement souterrain, émanait une petite lumière. J'hésitai avant d'entrer. Ce lieu parlait directement à mon instinct, il imposait la prudence.

À l'intérieur, l'air était lourd et âcre, recouvrant toutes les odeurs. Seule la faible lueur d'un lumignon, planté à l'entrée d'un dédale de galeries, trouait l'obscurité. Dans la pénombre, je discernai la silhouette imprécise et effrayante d'un grand animal.

— Qui est-ce ? lançai-je.

L'animal resta silencieux et immobile. Je sentais son souffle caresser les parois de la pièce, irrégulier et ténu.

— Qui es-tu ? demandai-je à nouveau

Enfin, l'autre bougea. Je me précipitai vers la sortie, prêt à prendre la fuite. Une voix lasse me rejoignit depuis les ténèbres.

— Entre, entre.

Je gardai le silence. Précautionneusement, je tendis le cou pour essayer de voir d'où venait la voix. De là où je me trouvais un instant plus tôt, un sanglier me scrutait de ses deux yeux brillants.

— Entre, je ne te veux pas de mal.

Je fis un pas. À présent il me voyait, lui aussi.

— Je cherche ma sœur.

Le sanglier poussa un râle.

— Cherche-la.

J'entrai et nous nous retrouvâmes à nouveau face à face. Les yeux du sanglier restèrent plantés dans le vide.

— Qu'est-ce que cet endroit ? demandai-je.

— La Grande Souche, la tanière de personne.

À cet instant seulement, je compris qu'il ne me voyait pas. Il était vieux et ses défenses étaient tombées. Recroquevillé contre la paroi, il leva son groin vers le plafond pour arracher une petite racine.

— Viennent ici ceux qui n'ont nulle part où aller, murmura-t-il. Ou rien d'autre à voir.

Une enfilade de galeries et de chambres avait été creusée sous l'arbre. Des réduits dépouillés, mal éclairés, partagés par toutes sortes d'animaux qui s'ignoraient les uns les autres, recroquevillés dans un coin ou bien tendus vers le plafond pour attraper des bouts de racine. Certains m'examinèrent, d'autres, reconnaissant en moi un prédateur, amorcèrent une fuite. J'eus moi-même un mouvement de recul en apercevant un chien, mais ce dernier n'essaya pas de me poursuivre. Ils étaient tous vieux, estropiés, malades, aveugles. Abandonnés par leurs semblables mais encore attachés à la vie. En observant ces museaux marqués par la souffrance à la lumière d'une lanterne dont je m'étais emparé, je pensais à Dieu, à combien il est cruel de nous faire combattre pour quelque chose qui finit toujours par nous être retiré. Même seuls et épuisés, même privés de leurs anciennes pulsions, ces êtres-là ignoraient qu'ils allaient mourir et, aussi absurde que cela puisse paraître, je les enviais.

Je ne parvins pas à trouver ma sœur et sa description ne dit rien à personne. Inexorablement, l'espoir de revoir aussi Louise commença à s'éteindre. Mes efforts avaient été vains, je fus pris d'une grande tristesse.

— Qui est-ce ? fit le sanglier.

— Encore moi.

Il grogna, puis arracha une racine du plafond.

— Tu as trouvé qui tu cherchais ?

— Non.

Un bruit me fit tourner la tête. Un porc-épic s'apprêtait à changer les lanternes. Il battit prestement en retraite.

— C'est le jour ou la nuit ? demanda le sanglier. Les oiseaux chantent peu par ici.

— La nuit.

Il soupira.

— Mieux vaut dormir, alors. Demain arrivera plus vite.

Je restai quelque temps à fixer l'entrée de la tanière. Dehors m'attendaient la neige et la nuit noire. Je m'étais habitué à l'odeur de la Grande Souche. Maintenant que je n'étais plus porté par la perspective de retrouver Cara, la fatigue s'abattit sur moi. Elle me soulagea de mes peurs, de ma tristesse ; le sommeil recouvrit tout le reste.

Le son d'un frottement répété me réveilla en sursaut. La lumière du jour entrait dans la tanière. Je m'aperçus avec effroi qu'un groupe d'animaux était en train de traîner dehors le corps du sanglier. Ses yeux étaient restés fermés, sa tête ne bougeait plus. Parmi ceux qui le déplaçaient, je remarquai des individus que j'avais croisés la veille dans les pièces souterraines, et d'autres que je n'avais encore jamais vus. Je me levai et les suivis.

Devant l'entrée, dispersés sur la neige, se trouvait un grand nombre d'autres animaux. Certains mal en point, d'autres plus vaillants. Ils attendaient. Le sanglier fut complètement sorti de la Grande Souche puis traîné sur quelques mètres encore dans un silence agité – un silence qui devint presque insupportable quand les porteurs eurent fini leur travail.

L'instant d'après, tous se jetèrent en même temps sur le cadavre. L'air se remplit de cris et de grognements, la neige commença à voler et à se teindre de rouge. Chacun se pressait autour de la dépouille pour en arracher un bout, s'écrasant, se donnant des coups de crocs, tous contre tous. Je me souvins que j'avais faim. Je me jetai dans la mêlée, me faufilant entre les corps, griffant, combattant la peur, aiguillonné par mon instinct. Je parvins à mettre la patte sur quelque chose, l'attrapai et le portai à ma bouche, manquai de m'étouffer tandis que les coups pleuvaient sur moi. Je me relançai dans la lutte avec toute la force que j'avais, ignorant ma douleur à la patte. Je mordis au hasard jusqu'à ce qu'on me laisse approcher et que je me retrouve près du sanglier.

Je n'avais pas connu pareille sérénité depuis que j'avais tué la poule. Sans hésitation, ni questionnement. Mon univers se résumait de nouveau à l'instant présent ; rien d'autre n'existait.

J'étais un animal, j'étais heureux.

Soudain, alors que je relevais mon museau ensanglanté de l'estomac du sanglier pour observer la foule agitée, je la reconnus. Un œil en moins, cet œil que ma mère lui avait arraché, et le pelage un peu plus clairsemé.

— Cara ! m'écriai-je.

Elle s'interrompit, m'aperçut. Puis elle retourna au combat.

Avant que je puisse l'appeler à nouveau, quelqu'un planta ses crocs dans ma queue pour me tirer en arrière et je fus happé par les autres. Tandis qu'ils me poussaient hors du festin, je hurlai, euphorique :

— Dieu vous maudisse ! Dieu vous maudisse !

Et je riais. Puis je fus jeté au loin, sur la neige.

— Qu'est-ce que tu veux ?

Cara avançait prudemment le long de la corniche, je la suivais. Avec un seul œil, elle devait redoubler d'attention, et il lui arrivait de trébucher.

Elle avait l'expression aussi triste que dans mes souvenirs.

— Où est Louise ? Et notre mère ?

Mon cœur battait à tout rompre quand je posai la question.

— Elles sont mortes, Archy.

Je me figeai. Elle continua à avancer, puis se retourna vers moi.

— Adieu, dit-elle.

Un frisson me parcourut le ventre. Mes yeux s'humidifièrent, mais je retins mes larmes.

Ma sœur s'était faufilée dans une tanière, creusée à l'ombre de la corniche. Je la rejoignis et j'entrai. Elle n'eut pas le temps de me voir arriver : je la frappai de toutes mes forces. Encore et encore.

Cara se mit à crier, mais je fus sur elle en un rien de temps, lui assénant coup sur coup, hors d'haleine, la tête sur le point d'éclater. Dès que je m'interrompis, elle se traîna dans un coin de la pièce, recroquevillée sur elle-même.

C'est alors seulement que, regardant autour de moi, je me rendis compte qu'elle vivait seule, dans ce trou minable doté d'une seule lucarne et d'un lit minuscule. Je pris également conscience de son aspect affligeant, de sa maigreur, de sa respiration entravée.

Deux larmes glissèrent sur mon museau.

— Conduis-moi jusqu'à elle, dis-je.

Nous étions en chemin vers la tanière de ma mère. Le soleil s'était levé, d'un jaune pâle. Sans que je lui aie rien demandé, Cara s'était mise à me parler.

— Avec mon œil en moins, je ne peux pas chasser. Je ne peux pas courir, ni me déplacer discrètement. Le seul endroit où je peux vivre, c'est la Grande Souche.

C'était l'endroit que de nombreux animaux choisissaient pour mourir. À sa connaissance, il avait toujours servi à ça. On l'appelait *le lieu du long sommeil.* Aveugles, estropiés, malades et miséreux le peuplaient à l'intérieur comme à l'extérieur. Ceux qui partaient nourrissaient ceux qui étaient encore en vie, allongeant encore un peu leur existence. Parfois, l'hiver, les chacals arrivaient, ou même les loups, et emportaient quelqu'un. Le reste du temps, ils venaient pour trouver refuge.

Cara parlait de la fin des autres sans s'inclure. Comme si elle allait pouvoir continuer à mener cette vie pour toujours, saison après saison. Une fois de plus, cette insouciance suscita en moi une forte envie.

Elle se levait tous les matins et se mettait à attendre avec les autres. S'il y avait à manger, elle affrontait la mêlée, autrement elle errait dans les parages à l'affût de quelque reste ou de racines. Certains jours, elle se contentait de rester derrière sa petite fenêtre, comme à l'époque où nous vivions chez ma mère. Chacun de ses mots était marqué d'une profonde résignation, mais elle les prononçait avec une énergie vitale. On aurait dit qu'elle avait attendu longtemps pour pouvoir les dire à quelqu'un.

— Louise était tombée enceinte, lança-t-elle soudain. Et notre mère s'en est aperçue.

Son ton, à présent, était empli de terreur : elle avait sans doute peur que je me remette à la frapper. Mais j'étais pendu à ses lèvres, au point de ne même pas me rendre compte que nous avions cessé d'avancer.

— Un matin, elle nous a fait sortir avec elle, quand Mathias n'était pas là. Moi, je faisais semblant d'être aveugle, pour qu'elle me dise le chemin.

Elle avait baissé les oreilles. Sa voix s'était brisée.

— Nous nous sommes arrêtées et elle m'a demandé de rester où je me trouvais pendant qu'elle tirait Louise par la peau du cou et l'emmenait au loin. Je l'ai entendue crier, et je me suis enfuie.

J'eus un coup au cœur. De nouveau, je résistai à la lame qui me perfora le ventre.

— Je suis rentrée à la nuit tombée. Il n'y avait plus personne, c'était le chaos, il y avait du sang partout. Mathias avait dû la tuer quand il avait appris.

J'étais abasourdi, une pierre au fond d'un fleuve. Mes pupilles ne savaient pas où regarder, elles allaient se ficher dans les moindres détails de la physionomie de ma sœur. Cara respirait à toute vitesse.

— Où est Louise ? demandai-je.

— Là, je crois.

Et elle m'indiqua un tas de cailloux recouverts de neige, à côté d'un arbre frêle. Je m'y dirigeai sans prononcer un mot. Chaque pas m'entraînait plus loin, en bas, dans le lit du fleuve. J'avais de la morve plein le nez, le froid me mordait, les larmes barraient ma vue.

Rien.

Il n'y avait que de la neige, rien d'autre.

Je me rappelle parfaitement cette sensation. Aujourd'hui encore. Cette impression subite d'irréalité qui s'empara de moi, cette conviction idiote d'avoir été naïf, de m'être fait prendre au piège, que cette histoire était montée de toutes pièces. Je me retournai vers Cara, mais elle avait déjà disparu, volatilisée, fuyant pour éviter mes représailles, pour reprendre sa vie de misère et de solitude.

Puis j'avisai une touffe de poils, un peu plus loin, qui surplombait le blanc, se balançant dans l'air. Je m'approchai, comme en rêve, grattai la neige.

Dans ma tête, ce n'était plus moi qui creusais à ce moment-là. J'étais redevenu une petite fouine jouant à la bagarre au beau milieu du printemps. Cette sensation que je croyais pourtant avoir vue s'évanouir avec le museau de Mathias, avec celui de Solomon.

J'ôtai la couche de neige et me rappelai que les animaux ne savent pas mentir.

— Salut, toi, dis-je.

Et tout ce à quoi j'avais été confronté, tout ce que j'avais vécu et éprouvé jusqu'à ce jour, me revint en un instant : l'avant et l'après, tout ensemble. Je la voyais se lisser le pelage en regardant au loin. Je l'entendais me demander si elle était belle sans écouter ma réponse. Je revivais son odeur, mes rêves forcenés, notre désir de nous enfuir, la saison des amours, quand elle m'avait dit je t'aime.

Je me rappelais le crapaud qui nous regardait depuis l'autre rive. Je me rappelais son museau lorsqu'elle semblait perdue dans ses pensées, hermétique à ma présence. À présent, elle n'était plus qu'un masque de douleur. Le froid avait tiré ses traits et retroussé ses babines au-dessus de ses quenottes. Ses yeux étaient figés, ouverts, tournés vers le haut. On lui avait arraché le ventre, une blessure qui parlait encore à travers la neige. Ses pattes, repliées sur elles-mêmes, semblaient vouloir atteindre un but tout proche.

Elle était là devant moi. Ma Louise.

Tout à coup, je me sentis léger. Je laissai aller mon cœur. Je me penchai sur elle et pleurai.

Quand, exténué, je me crus enfin prêt à réfléchir à la suite, je m'aperçus que j'en étais incapable. Il n'y avait plus ni avant ni après. Je me sentis prisonnier. Ce n'était pas juste. Je voulais oublier, je pouvais oublier. Tout ça était la faute de Dieu. C'était Lui qui l'avait voulu, Lui qui s'amusait avec moi. Dieu était cruel envers chacune de Ses créatures.

Je Le maudis, lui demandai de me tuer, mais Il n'en fit rien.

Nulle sauterelle, nul tremblement de terre, nulle pluie de sang ne s'abattit sur la Terre. Le jour resta jour, avec un soleil pâle dans un ciel serein. Et Il me laissa en vie.

Cependant, mêlé à la douleur que je portais en moi, commença lentement à éclore un besoin. Celui de revenir sur mes pas, de retrouver Solomon.

Gioele me vit dès que je réapparus de sous les arbres. Il se leva mais ne vint pas à ma rencontre. Du haut de son rocher, il ne me quitta pas des yeux tandis que je remontais la colline. Les lumières étaient allumées dans la tanière du vieux renard et un filet de fumée s'élevait dans le ciel. Avant que j'aie rejoint la porte, je le vis sortir avec un bâton.

Je n'essayai pas de prendre la fuite, ni de me protéger. Il me frappa fort, sans dire un mot, jusqu'à ce que je finisse par terre, du sang plein la gueule. Il lança son bâton au loin, attendit de reprendre haleine.

— Va-t'en, dit-il avant de rentrer.

Tout habillé de rouge, le soleil prenait congé. Je restai où j'étais, au milieu de la neige, terrassé par la douleur. Je ne l'avais pas supplié, je ne m'étais pas mis à pleurer, ce qui l'avait incité à me frapper encore plus fort.

Le vent s'était levé, il faisait très froid, mais je m'en moquais. Je regardais les premières étoiles naître de l'obscurité, dans le silence de l'hiver, libéré de toutes mes peurs. J'aurais pu rester là pour toujours, à observer le monde qui vieillissait, comme Louise.

Les puissantes mâchoires de Gioele m'agrippèrent par la peau du cou. Dans la tanière,

Solomon lui indiqua ma chambre. Je me retrouvai dans mon lit, totalement engourdi. Le vieux renard s'était planté sur le seuil de ma porte.

— Poil de cul, grogna-t-il.

Puis il la referma.

VIII

LA FIN DE L'HIVER, TAMAN-SHUD

Quand j'ouvris les yeux, la douleur me perfora le crâne. Puis elle se propagea à tout mon corps, me coupant le souffle.

Une tasse d'eau était posée à côté de mon lit mais je ne parvins pas à l'atteindre. Le simple fait de bouger la tête provoquait en moi des élancements insupportables, comme si j'étais prisonnier d'un buisson de ronces. Je décidai de me tourner dans l'autre sens pour ne pas attiser la soif qui me tenaillait déjà.

À la fenêtre brillait la lumière de midi, il neigeait et ventait de l'autre côté de la vitre. Le souvenir de mon court voyage envahit aussitôt mes pensées et je ne souhaitai qu'une chose : me rendormir.

Le vieux renard entra dans ma chambre en tirant sa chaise derrière lui. Son regard croisa le mien mais il attendit de se mettre à son aise pour prêter attention à ma personne. Il me lança un regard noir, sévère, et en même temps préoccupé.

— Va travailler, fit-il.

Je gardai le silence mais c'est comme s'il avait lu dans mes pensées :

— Si tu n'es pas capable de travailler, je ne te veux pas ici, tu ne me sers à rien !

Il fut pris d'une quinte de toux.

— Je ne peux pas me lever, monsieur, répondis-je dans un râle.

Le vieux renard eut un frisson, peut-être son instinct lui ordonnait-il de me frapper. Il regarda la tasse à côté de mon lit, me la lança à la figure puis partit à grandes enjambées.

Le soir venu, Gioele entra dans la pièce. Je pensai qu'il était venu me tuer, au lieu de quoi il déposa à côté de moi deux œufs, un morceau de poulet et une nouvelle tasse d'eau. Il sortit sans un mot.

Le plus étrange fut que je n'avais pas peur. Mourir ne me dérangeait pas. Je mangeai ce que je pus et pleurai.

— Rien de cassé, juste un peu de fièvre. Il sera sur pied d'ici deux semaines.

Le lendemain, Solomon avait appelé un médecin, un castor gras venu de je ne sais où. Tout le temps de la visite, le vieux renard avait arpenté la pièce, impatient d'entendre le diagnostic.

Le médecin, quant à lui, était terrorisé. Il n'avait peut-être pas été convoqué de la manière la plus courtoise.

— Deux semaines ?!

Solomon me foudroya du regard.

— C'est le temps qu'il lui faudra pour se rétablir, oui, bredouilla le castor.

— J'irais plus vite à l'achever !

— En effet.

Gioele était apparu sur le seuil. Les poils du castor se hérissèrent d'un coup.

— Vous pouvez essayer de lui donner de l'eau aillée. Pour la fièvre au moins. Je ne peux rien faire de plus.

Solomon ne me quittait pas des yeux. Je voyais combien cette situation le contrariait. Il s'éclaircit la voix.

— Donc il va bien ?

Le docteur fit oui de la tête. Le vieux renard se tourna vers Gioele.

— Donne-lui un sac de graines et ramène-le où tu l'as trouvé.

Le castor quitta la pièce en vitesse, les poils encore dressés, sans nous saluer.

— Que Dieu m'en soit témoin, dès que tu seras remis, tu vas me le payer, siffla-t-il quand nous fûmes seuls.

Il partit en refermant la porte derrière lui.

Je ne bougeai pas du lit. Gioele me rendait visite matin et soir pour m'apporter à manger et vider mon pot de chambre. Solomon ne se montra pas une seule fois, je l'entendais marmonner de l'autre côté de la porte, perdu dans ses habituels monologues énervés.

À chaque heure qui passait, je me laissais un peu plus gagner par le découragement et la tristesse. Mon esprit se jetait sur le corps de Louise étendu dans la neige comme un assoiffé sur une source empoisonnée. Il était inutile d'essayer de m'arracher à cette image, tout comme il était inutile d'essayer de m'arracher à la douleur diffuse dans tous mes membres. J'étais prisonnier autant de mes pensées que de mon lit, et cette ironie m'emplissait d'amertume.

Je m'en prenais à Dieu, je n'avais pas le choix. Peut-être me serais-je moins lamenté si je ne L'avais pas connu, peut-être aurais-je accepté mon sort, comme un vrai animal. Mais maintenant que je savais à qui appartenait le monde, c'était instinctif d'avoir un ennemi.

Au bout de cinq jours, je frisais la folie. Je n'arrivais pas à dormir la nuit et j'étais pourchassé le jour par de brefs rêves cruels. C'est alors que je remarquai une liasse de feuilles à côté de la fenêtre, celles que le vieux renard m'avait appris à confectionner. Je les atteignis en roulant sur moi-même, cherchant à ignorer la douleur, gémissant à chaque mouvement.

Je prélevai sur ma couchette une tige de paille, la plus dure que je trouvai, puis me mordis la patte et utilisai mon sang comme de l'encre. La méthode fonctionna, je pouvais écrire.

Je ne fis rien d'autre. Je ne m'interrompais que lorsque j'entendais Gioele arriver, ou lorsque la fatigue s'abattait sur moi. J'écrivis sur mon voyage et sur Louise, sur ce que j'avais ressenti, sur chaque émotion éprouvée. Les mots se bousculaient dans ma tête, les phrases s'enchaînaient les unes à la suite des autres. Si je n'arrivais pas à m'expliquer sur certains points, je m'ingéniais à trouver de nouvelles interprétations, je parlais avec le papier, je cherchais mon reflet dans les significations qui affleuraient. Quand je compris que j'avais fini, deux semaines ou presque s'étaient écoulées. Je n'avais pas vu le temps passer. Mon corps ne me faisait plus aussi mal et ma fièvre avait disparu.

Mais ce n'est pas ça qui me stupéfia. Ma rage s'était entièrement dissipée, en même temps que mon accablement. Mon voyage s'était transformé en un souvenir ténu, une histoire effroyable mais appartenant au passé. Serrant les feuilles entre mes pattes, je les soupesai. Leur poids, lui, était éternel. J'avais capturé ma prison dans le papier.

J'étais de nouveau libre, et triste.

Il faisait encore nuit lorsque je me réveillai. J'arrachai la page dans laquelle je maudissais Dieu puis je laissai mon manuscrit sur la table de la cuisine. J'attrapai le seau et sortis chercher l'eau, comme je l'avais toujours fait. Le ruisseau était presque entièrement gelé, aussi dus-je attaquer à coups de caillou une zone en dessous de laquelle je voyais passer le courant. Certains mouvements m'étaient encore douloureux.

Petit à petit, voyage après voyage, je remplissais la grande cuvette de la cuisine. La lumière commença à s'élever au-dessus des arbres. Quelques flocons de neige voletaient jusqu'au sol.

Au sixième voyage, je trouvai le vieux renard dans la cuisine, en train de lire. D'un geste il m'ordonna de poursuivre mon activité, sans détacher les yeux du manuscrit. Quand j'eus fini, il était en train de le lire pour la deuxième fois.

— Manger, grogna-t-il.

J'allumai le feu et préparai le petit déjeuner, après quoi j'allai nourrir les poules. Je ramassai les œufs, pas tous, afin d'en laisser à couver ; je déblayai la neige de l'entrée du poulailler.

Solomon avait reposé mon histoire. Il me regarda entrer et mettre les œufs de côté. Une fois acquitté de mes tâches, je vins me poster devant lui. Sur son museau fâché, je lus de la tendresse, de l'orgueil.

— Tu sais ce que c'est, l'amour ? demanda-t-il.

Je n'avais jamais réfléchi à la question. Pour moi ça avait toujours été une sensation, un instinct.

— Non, ce n'est pas ça, répondit-il quand je le lui dis. Et ce n'est pas non plus la façon dont tu t'es entiché de ta pauvre sœur. Ce sont des choses animales, ça ; baiser, s'attacher à une odeur, se lier à un corps parmi les autres, tout ça, c'est pour les imbéciles.

Il toussa. Une de ses pattes s'agrippa à la table.

— Le seul vrai Amour, c'est l'amour de Dieu. Tous les autres sont destinés à mourir, comme nous.

Je me dis qu'il avait raison alors qu'une fois de plus le museau désespéré de Louise me passait devant les yeux.

Le vieux renard prit les feuilles dans ses pattes.

— Il y a de l'Amour, ici, entre tes mots. On ne le lit pas, mais on le sent.

Il resta quelques instants perdu dans ses pensées, puis il s'ébroua.

— Retourne travailler ! aboya-t-il.

Contrairement à ce qu'il avait promis, Solomon ne me punit pas. Je continuai à travailler dur pendant quelques jours puis il recommença à me dispenser son enseignement et à me demander de l'assister. Il s'était rendu compte que j'avais changé, que je ne pleurais plus ni ne baissais les yeux s'il me fixait trop intensément.

— Ne me dis pas que tu as arrêté d'être une mauviette.

Il leva la patte et j'eus un mouvement de recul. Cela lui suffisait.

— Dieu a détruit Sodome et Gomorrhe, lisais-je.

— Oui. Pourquoi ?

— Parce que les gens se rebellaient contre Lui.

— Exact. Tâche de ne pas finir comme eux.

Le soir, je le voyais pensif et je n'arrivais pas à comprendre pourquoi. Je me gardais évidemment de lui poser la question, de peur de l'irriter davantage. Il restait dans son coin, enroulé dans une couverture devant la cheminée à grignoter les châtaignes cueillies pendant l'automne, toussant de temps en temps.

— Regarde dans quel état je suis. J'ai attrapé la mort en voulant te corriger. Vivement le printemps.

Le climat se durcissant, il arrivait qu'on ne voie aucun client de la journée. Le vieux renard me demanda de sortir les poules du poulailler et de les installer dans ma chambre pour éviter qu'elles meurent de froid. Je fus obligé de transporter mon lit dans la cuisine. Solomon proposa même à Gioele de quitter son gourbi au-dessus du rocher pour s'installer dans l'entrée. Pendant de nombreuses nuits, nous dormîmes tous ensemble sous le même toit. J'aimais ça. Une grande force se dégageait de cette communauté : une lutte silencieuse contre les caprices du ciel, contre Dieu. Solomon s'assoupissait souvent dans la cuisine, près du feu, à côté de moi. Il parlait dans son sommeil. Incapable de déterminer s'il dormait ou s'il était réveillé, je l'interpellais.

— Qu'est-ce qu'il y a ?

— Tu as dit quelque chose ?

— Non.

Il se levait, voûté, et se traînait jusqu'à sa chambre. Il était vieux.

Comme nous ne sortions plus, nous lisions toute la journée.

La lune succéda au soleil, et vice versa, de nombreuses fois. Ainsi les pages se succédèrent les unes aux autres, jusqu'à la fin du livre. Mon maître le referma avec délicatesse et en caressa la couverture.

— Maintenant tu connais la parole de Dieu. L'unique vérité sur le monde.

Il était ému. Quant à moi, j'avais lu ces histoires à contrecœur, car j'en voulais à Dieu d'être si cruel. Aucun des passages sur le pardon, aucun témoignage de sa bonté ne m'avait éloigné de ce qu'Il m'avait fait, de la haine que j'éprouvais à Son encontre.

— Nul n'aura rien à craindre, s'il reste de Son côté, s'il reste de ton côté, continua le vieux renard en toussant.

Pourquoi m'avait-Il infligé cette douleur ? Pourquoi n'étais-je pas un homme ? N'avais-je pas essayé de me mettre de Son côté ? Pourquoi avait-Il tué Louise ?

Telles étaient mes pensées, que je gardais sous silence. Solomon n'aurait pas compris, il m'aurait frappé comme les juifs frappèrent les infidèles.

— Taman-Shud, dit-il. C'est fini.

Puis il vint vers moi et me prit dans ses bras. Je ne sus comment réagir, sinon en m'abandonnant à son étreinte. Je l'entendais sangloter, toucher mon pelage sans me faire de mal, serein. Je ne l'avais jamais vu aussi nu.

C'est à ce moment que Solomon m'apparut aussi proche de Dieu que j'en étais moi-même éloigné.

Il s'écarta et sourit, puis il porta son regard au loin. Soudain, il bondit sur ses pattes et courut jusqu'à la fenêtre.

— Ah ! Voici revenir Ses bienfaits ! Loué soit le Seigneur ! s'écria-t-il en se retournant vers moi.

Je le rejoignis.

— Que se passe-t-il ?

— Tu les vois, ces fleurs ?

Il me montra une petite grappe de fleurs qui transperçaient la neige, au loin.

— L'hiver est fini.

IX

LE SECOND LIVRE

La neige commença à fondre. Certains arbres exhibaient déjà leurs premiers bourgeons et la colline se para d'un vert timide. Sortis de leur hibernation, les clients accouraient en masse, affamés, pour acheter des choses, contracter des dettes. Solomon faisait affaire, je transcrivais les détails, et Gioele surveillait les animaux. Un jour, il dut tuer un chat qui s'était jeté sur une gerbille.

— Qui le veut ? avait crié le vieux renard.

Même le chat avait trouvé acquéreur.

Les poules retournèrent au poulailler et je récupérai ma chambre.

— Qu'est-ce qu'il y a ? Tu n'es pas content ?

— Si.

— On ne dirait pas.

Solomon n'acceptait pas que je me sois endurci, il ne le comprenait pas. Peut-être regrettait-il le regard naïf que je posais jadis sur l'existence, peut-être avait-il aimé jouer vis-à-vis de moi le rôle de Dieu.

Entre-temps, quand le travail me laissait un peu de répit, je m'intéressais au bois. Je voulais comprendre quel genre d'endroit se cachait entre les arbres. Avec le printemps, Gioele passait des journées entières dehors, de mystérieuses équipées dont il revenait parfois blessé, sale, ou avec quelqu'un dans la gueule. L'envie me prit de le suivre, de voir de mes yeux.

— Brunhilde, hermine femelle, sac de graines…

— Tu as écrit ?

— Oui.

Le vieux renard s'adressait aux clients de manière expéditive et agressive, pour leur faire peur.

— … Contre deux poules, une qui fait des œufs, l'autre non, pour dans quatre jours. C'est bon ?

— Oui.

L'hermine s'arracha alors une touffe de poils qu'elle donna à Solomon. Ce dernier me la tendit afin que je la place à côté de ce que je venais d'écrire, puis il alla chercher un sac de graines et la cliente dévala la colline sans un regard derrière elle.

— Quatre jours ! hurla-t-il avant d'être pris d'une quinte de toux. Misérables.

Nous n'étions pas à plaindre. Nous avions de la nourriture à ne plus savoir qu'en faire.

Solomon remerciait toujours Dieu, puis il empoignait son ventre et se remerciait lui-même. Il était drôle.

— Tu as compris, idiot ? me disait-il. Ris, ris, c'est le seul remède en ce bas monde.

Je m'étais fait plus robuste, j'avais pris du muscle. Je boitais toujours, mais j'arrivais à présent à maintenir une bonne allure. La belle saison avait rallumé mes instincts, ils vibraient dans ma tête, réagissant aux odeurs. Je m'armai de courage.

— Je veux aller avec Gioele. Connaître le bois.

Le vieux renard était assis sur sa chaise, face au coucher du soleil.

— Ne me cherche pas, prévint-il.

— Je pourrais être utile. Je pourrais noter les endroits que je vois.

— Dieu te maudisse ! cria-t-il avant d'être interrompu par la toux.

Il se cala contre son dossier.

— Ne me force pas à me lever, je suis en train de réfléchir.

Il me réveilla au milieu de la nuit. Il était agité, fébrile, ses yeux zigzaguaient à travers la pièce.

— Viens dans la cuisine, me dit-il.

Il me demanda de m'asseoir à la table, à la lueur d'une chandelle. Fit apparaître un livre que je n'avais jamais vu, composé des mêmes feuilles que nous utilisions pour le commerce. Il le plaça sous mes yeux aussi cérémonieusement que s'il s'était agi d'un trésor. Luttant contre le sommeil je me mis à le feuilleter.

— Tiens-le bien, imbécile ! siffla-t-il.

De haut en bas, dans différentes couleurs, les pages étaient remplies de mots. Puis elles redevenaient blanches, sans rien d'écrit dessus.

— C'est Dieu ? demandai-je, encore engourdi.

— Non. Ça, c'est moi.

Il caressa le livre avec révérence. Une flamme dans ses yeux lui illumina le museau. Il se leva, sortit de la cuisine, et revint avec un autre livre, de facture précieuse, aussi parfait que la Bible. Il me le mit sous le nez, l'ouvrit : il était complètement vierge.

— Je veux que tu écrives sur moi, comme tu sais le faire. Avec Amour.

Je le regardai, perplexe. Il fit glisser le nouveau livre à côté du précédent.

— Je veux que tu réécrives ma vie, que tu la rapproches de Dieu.

Je bâillai.

— Maintenant ?

Son sourire mourut aussi rapidement qu'un éclair.

— Tu aurais déjà dû t'y mettre. Au boulot.

La journée, je travaillais d'arrache-pied. La nuit j'étais réveillé avant l'aube pour écrire. Le vieux renard était aussi excité qu'un enfant, et c'était avec la vigueur d'un jeune homme qu'il me secouait tous les matins. Je m'habituai à entendre ses quintes de toux de l'autre côté de la porte quand il approchait ; j'ouvrais les yeux, mais j'étais incapable de me lever.

— *Je suis le fils unique de ma mère Céline*, lisais-je.

Il retenait ma patte.

— *Je suis le fils de Dieu, né renard de Céline, par Sa volonté.* Écris.

Il changeait presque tout. Glissait Dieu partout où il le pouvait. La majorité de ses exploits se transformèrent en missions au nom de la seule vérité. Chaque assassinat, chaque escroquerie, chaque méfait devenait quête de lumière.

Le vieux renard dictait, les yeux rivés vers le ciel, polluant ses mémoires de morales dévotes, grognant de satisfaction à chaque mensonge. Je me dis qu'il était devenu fou ; aujourd'hui, je comprends qu'il cherchait à se sauver, il voulait le paradis.

J'écrivais avec la patte, mais avec les yeux, je dévorais la vie de mon maître, j'entrais dans ses aventures de bandit. Cette histoire me fascinait, me transportait loin, éveillait mon imagination comme la parole de Dieu ne l'avait jamais fait. Elle parlait du vrai monde : de sa cruauté infinie, de la mort, des douleurs que chacun est prêt à endurer. Au bout d'un moment, c'est moi qui me réveillais avant lui. Je brûlais d'impatience à l'idée de connaître la suite, j'en avais oublié le printemps et le bois.

— *Je vole les poules avec Victor, on tue les autres pour s'amuser.*

— Attends. *Nous prenons une poule pour nous ; les autres, nous les offrons au Seigneur.* Voilà.

Il manquait des passages. À certains endroits, le récit s'arrêtait brutalement, des pages avaient été arrachées. Solomon me disait de ne pas y prêter attention, mais je voyais bien que son histoire avait été falsifiée ; certains épisodes semblaient inachevés, son récit était émaillé de faits curieux.

Il avait arpenté le monde. Rencontré ours, loups, cerfs royaux : des animaux jamais vus dans nos contrées. Il avait formé autour de lui un petit groupe, des bandits unis par les mêmes règles et lancés dans les mêmes offensives. Il avait vécu la faim, le danger, la vie de vagabond sans se poser de questions, suivant sa pente naturelle. Même s'il me faisait retirer tous ces chapitres, je ne pouvais m'empêcher de l'envier. À l'aube d'un jour radieux, je posai la plume et le regardai droit dans les yeux.

— Solomon, je veux voir le bois. Je veux voir la création de Dieu.

Le vieux renard se rembrunit aussitôt, mais il n'explosa pas. En un soupir, il parvint à se dominer.

— Tu ne peux pas. Tu es idiot et boiteux. Tu veux d'autres arguments ?

Je croisai les pattes.

— Si c'est comme ça, Solomon, je n'écris plus.

Un frisson me parcourut l'échine. J'en avais trop dit, je le savais. L'instant d'après, j'étais au sol, projeté par le coup foudroyant qu'il venait de m'envoyer en pleine face.

— Tu n'écris pas, hein ? hurla-t-il. Je vais te couper les pattes, tu feras moins le malin !

Puis il me lança dessus le nouveau livre.

— À chaque saison, tu m'en sors une nouvelle. Tu n'es pas libre, tu m'appartiens, merdeux !

Il allait en dire plus mais son souffle se brisa à mi-chemin car je lui sautai dessus, animé d'une force inédite. Nous nous écroulâmes ensemble sur le sol de la cuisine et nous débattîmes en roulant l'un sur l'autre, répandant le chaos. Je ne mordis pas, lui non plus. La stupeur le retenait peut-être. Il m'attrapa une oreille et la tira fort ; je lui avais bloqué une patte et lui pinçais le museau.

— Vaurien ! Vaurien ! criai-je.

J'étais au bord des larmes.

Gioele entra dans la cuisine et me propulsa à travers la pièce d'un coup de patte. Je vins m'écraser contre le mur et le chien fut aussitôt de nouveau sur moi, tous crocs dehors.

— Ça suffit, ça suffit ! hurla le vieux renard.

Le chien me plaqua contre le mur et continua à grogner. Solomon se releva, fut pris d'une violente toux, puis il se précipita sur ses livres pour les cacher. Il était hors de lui, le poil dressé, le regard assassin.

— Qu'est-ce que tu fais ici ? rugit-il.

Gioele se tourna vers lui.

— J'ai entendu du bruit.

— Va plutôt entendre les oiseaux, personne ne t'a sonné !

Le chien resta perplexe un instant avant de me relâcher.

— Allez, ouste. Hors de ma vue !

Le vieux renard me regarda. Je crus qu'il voulait monter sur la table et me sauter dessus, me liquider séance tenante, au lieu de quoi il remit les livres sur la table, dans la position qu'ils occupaient auparavant. Puis il ramassa la plume et redressa la tasse de couleur.

— Écris, dit-il après s'être retourné vers moi.

Le ton était si sévère que je faillis obéir. Une voix intérieure m'implorait de reprendre ma place comme si de rien n'était, pourtant j'avais déjà vu cette scène de trop nombreuses fois.

— Non.

Le vieux renard fit voler les livres, la tasse d'encre et la plume, retourna table et chaises. Quand il eut fini, il toussa si fort qu'il se plia en deux, céda et atterrit au sol, comme moi. Je m'aperçus qu'il pleurait.

— Écris, je t'en supplie.

Il faisait peine à voir. Sans que je les aie senties venir, deux larmes avaient coulé sur mon museau. Peut-être était-ce la peur qui me quittait.

— Non.

X

TOUT CE QUI EST JUSTE

La première occasion me fut offerte par un certain David, un cochon qui n'avait pas honoré sa dette. Les cochons sont lents et bêtes, aussi le vieux renard prédisait-il une aventure sans trop de périls. Gioele nous attendait dehors, assis. Solomon lui tendit un sac contenant trois pommes, deux pour moi et une pour lui. Il nous adressa un regard contrarié, partagé entre mépris et inquiétude.

— Protège-le ou estime-toi mort, énonça-t-il.

Le chien fit un signe de la tête puis il se retourna et descendit la colline, moi sur ses talons. Je jetai trois fois de suite un coup d'œil par-dessus mon épaule et trois fois de suite je vis le renard à la même place, juché sur ses deux pattes, nous observant disparaître entre les arbres. Je ne comprenais toujours pas la nature du lien qui l'unissait à moi, si c'était Dieu, l'écriture ou l'affection. Nous avions écrit plus de la moitié du livre, nous en reprendrions la rédaction à mon retour, l'interromprions de nouveau à un prochain départ.

L'excitation me consumait. Dans l'épaisseur du bois, tout redevenait inconnu, mystérieux et inquiétant. Même si Dieu veillait sur nous, je L'avais laissé sur la colline, avec le vieux renard. Ma tristesse ne me quittait pas, mais ce jour-là, elle semblait avoir relâché sa prise.

Nous nous dirigions dans le sens opposé des Trois Torrents, vers une clairière bordant un étang, à l'abri des arbres. Gioele connaissait le chemin et me guida en silence, fidèle à sa nature ; une seule fois, pendant le trajet, il s'arrêta et m'ordonna de l'imiter.

— Qu'est-ce qu'il y a ? chuchotai-je, déjà tendu.

Il se contenta de renifler l'air, montra une direction et resta là à écouter, les muscles contractés. Je retins mon souffle, le cœur battant.

— Il est loin, dit-il enfin.

Il se détendit.

— Repartons.

Comme je l'appris plus tard, les cochons n'habitaient la clairière qu'au printemps et en été. L'hiver, les différentes familles avaient chacune leur tanière et tentaient de survivre comme elles le pouvaient. Ça n'avait pas toujours été le cas, mais leur surpopulation avait entraîné une grave épidémie de peste. La clairière était entourée de chênes qui donnaient des glands à l'automne ; l'étang était boueux et peu profond, toujours frais.

Chaque famille possédait sa tanière mais

l'espace extérieur appartenait à tout le monde. Personne n'essayait de le soustraire à son prochain.

Les cochons ne me semblèrent ni lents ni bêtes. Ils avaient le même poil ras que les sangliers mais les défenses bien moins proéminentes. Dès qu'ils nous virent arriver, tous coururent se cacher, mâles et femelles, mères et petits. Gioele et moi nous retrouvâmes seuls au milieu du pré.

Au bout d'un moment, une grande truie apparut au loin, suivie par deux mâles robustes. Elle vint vers nous. Il devait s'agir de la cheffe des familles, la doyenne de la tribu. Les cochons laissent les femelles décider de tout.

— Chien ! cria-t-elle. Il n'y a rien qui concerne ton maître, ici ! Prends ton compère et retournez d'où vous venez !

Alors qu'elle approchait, d'autres cochons avaient surgi tout autour de nous, se risquant hors de leurs tanières. Nous étions cernés. Ils gardaient leurs distances mais on les sentait prêts à charger. Gioele ne leur prêta aucune attention, son regard demeurait braqué sur la grande truie. Elle était si près de nous maintenant qu'elle pouvait parler sans élever la voix.

— Allez-vous-en, dit-elle.

— Je ne te connais pas. Où est Giuditta ? répondit le chien.

Les autres cochons avaient resserré le cercle. La situation les rendait frénétiques, ils trépignaient. Moi-même j'étais gagné par la tension, je ne tenais plus en place.

— Giuditta a fait son temps. C'est moi qui commande maintenant et je dis qu'à la belle saison cet endroit n'est pas fait pour les affaires, ni pour accueillir d'autres animaux. Allez-vous-en ou vous allez le regretter. Nous n'avons pas peur.

Gioele ignora complètement la menace.

— Nous cherchons David. Il a fait une dette auprès de Solomon le prêteur l'été dernier.

La grande truie grogna, et je fus pris d'un frisson. Je sentais qu'il allait se passer quelque chose.

— David, l'homme l'a pris l'hiver dernier. Il vit derrière un fil d'argent, grassement nourri sans bouger un muscle, pas loin d'ici.

Un murmure d'assentiment parcourut le groupe de cochons, comme s'ils connaissaient déjà cette histoire et enviaient tous leur congénère.

— Quelqu'un doit payer, dit Gioele.

La grande truie frappa du sabot contre le sol.

— Allez-vous-en ! répéta-t-elle.

Je l'avais pressenti : cela suffit à mettre le feu aux poudres. Les animaux n'attendaient que ça. Le plus infime signe de désagrément, un simple mot plus haut que l'autre.

En un instant, trois d'entre eux furent sur nous. Gioele m'éloigna d'un coup de patte et repoussa le premier assaillant, esquiva le deuxième et mordit l'oreille du troisième, l'arrachant net. Avec un cri atroce, le cochon prit la fuite, répandant du sang partout. Tous l'imitèrent et détalèrent dans leurs abris souterrains. Nous étions de nouveau seuls.

— Tiens ça et garde-le précieusement.

Gioele me tendit le sac de pommes et s'élança vers l'une des tanières. Il débusqua l'entrée et y enfouit sa truffe, puis le reste de son corps, jusqu'à disparaître entièrement. Dans le pré, pas âme qui vive. Juste moi et mon sac de pommes entre les pattes. Je continuais à regarder autour de moi pour ne pas me faire cueillir par surprise, le cœur tambourinant dans ma poitrine. Des cris me parvenaient de sous la terre, sans que je puisse dire d'où exactement.

Je me dirigeai vers la tanière dans laquelle s'était faufilé Gioele. J'allais atteindre l'entrée quand quelques cochons en surgirent à toute vitesse. Je laissai échapper un cri, convaincu qu'ils m'attaquaient, mais ils m'évitèrent d'un bond, terrorisés, et poursuivirent leur fuite désespérée. Un autre déboula. Je me mis à feuler, à faire semblant de vouloir le mordre. Il poussa un hurlement strident et s'élança à travers la plaine. C'était très amusant. D'autres cris se faisaient entendre à l'intérieur de la tanière, aussi me mis-je à attendre tous crocs dehors, frétillant d'excitation. Je me retrouvai nez à nez avec un cochon énorme. Il sortit prestement, sanguinolent, pointant sur moi ses yeux mauvais de combattant. L'euphorie me quitta aussitôt ; instinctivement, je lui jetai dessus le sac des pommes et pris la fuite. Du coin de l'œil, je le voyais me rattraper, le souffle lourd et les blessures béantes, mais il sembla tout à coup changer d'avis. Je m'arrêtai. Gioele émergeait d'un trou plus loin, avec dans la gueule un jeune cochon qui s'époumonait. Je vis alors que des plus grands étaient sortis de leurs tanières et se dirigeaient vers lui. Le chien en évita quelques-uns et décrivit un long virage en courant, les entraînant tous à sa suite. Il arrivait sur moi. Je pouvais distinctement lire dans ses yeux « fuis », et c'est ce que je fis. Je choisis un point à l'entrée du bois et j'y fonçai du plus vite que je pouvais, tâchant de ne pas forcer sur ma patte endolorie, sentant derrière ma queue le tumulte qui se rapprochait inexorablement. Quand Gioele me rejoignit par le côté, il se servit de sa tête comme d'une fourche pour m'attraper et me lancer sur son dos avec une force incroyable. Dans le mouvement, le cochon s'était presque sauvé d'entre ses crocs, mais il le saisit au vol, par les poils, comme je fis avec les siens pour ne pas tomber entre les pattes de nos poursuivants. Nous fendions la prairie à toute vitesse, moi sur la croupe du chien, en direction des arbres. Derrière nous, les cochons essayaient de se maintenir à notre allure, le corps éprouvé, la mine effrayante, chargée de douleur et de haine. Notre prisonnier continuait à crier à l'aide, le souffle de Gioele sur son cou. Le soleil disparut derrière les chênes, l'atmosphère se fit plus fraîche et intense ; nous commençâmes à slalomer entre les arbres et les fourrés. Certains tentèrent de nous pourchasser jusque dans la forêt, mais bientôt ne nous parvinrent plus que leurs cris, filtrés par les branches.

— Par ici ! Au secours, au secours ! sanglotait notre prisonnier.

J'étais très ému.

— Ferme-la, poil de cul ! criai-je à son intention.

Nous fîmes halte dans un coin tranquille. Gioele me demanda de fabriquer une laisse, je m'exécutai en utilisant la branche d'une plante grimpante. La peau du cochon était entaillée à plusieurs endroits ; il hurla de douleur quand je lui passai la corde autour du cou.

Le malheureux avait continué de s'égosiller pour appeler ses semblables ; Gioele avait dû le faire taire par la force. À présent, il se contentait de pleurer en répétant « espèces de lâches » à voix basse.

J'avais perdu le sac de pommes et nous mourions de faim. Mais Gioele, hors d'haleine, se garda du moindre reproche.

— Tu connais David ? demanda-t-il enfin.

Notre prisonnier dressa les oreilles.

— Oui.

— Où est-il ?

— L'homme l'a pris, l'hiver dernier.

— Alors il est déjà mort.

— Non, on l'a vu dans un enclos.

Gioele réfléchit quelques instants.

— Il n'est pas là, donc c'est toi qu'on va devoir tuer.

— Je peux vous y amener, je peux vous amener jusqu'à lui !

— Trop dangereux.

Le jeune cochon commença à trembler, sanglotant de plus belle.

— Non, non, je peux vous y amener ! Il n'y a qu'un seul homme, l'enclos est petit, et le chien est vieux ! implora-t-il.

Je n'avais jamais vu un homme en vrai, un fils de Dieu. D'un coup, ma curiosité s'embrasa.

— Non, dit le chien.

— Ce n'est pas loin, je vous emmène, je vous emmène.

Le jeune cochon s'était pissé dessus. Ses petits yeux vifs s'accrochaient désespérément à mon museau.

— Allons-y, allons prendre David, dis-je.

— Je vous emmène, continuait à supplier le cochon.

Gioele pesa le pour et le contre. Je pense qu'il avait peur de me mettre en danger, de s'attirer la colère de Solomon. Il aurait pu le tuer en un coup de mâchoire et pourtant sa soumission au vieux renard et à ses ordres était totale. Il le craignait comme on craint l'orage. D'un autre côté, il y avait une dette à recouvrer, et un animal qui s'en était tiré à bon compte.

— Allons voir, concéda-t-il.

— Oui, oui, je vous emmène.

Notre prisonnier s'était autorisé un sourire, une joie fugace teintée de terreur. Il s'élança en tirant sur la laisse, s'étrangla avec un sanglot mais ignora les blessures et le sang qui giclait.

— Par ici, par ici.

Au pied d'une colline boisée se trouvait la tanière de l'homme. Elle était grande, s'élevait au-dessus du sol comme un arbre dénudé, séparée de la terre. Nous l'observions depuis un champ de blé, cachés derrière les épis, en attendant le coucher du soleil. J'avais pris peur en approchant, parce que l'homme se tenait là, il nous dévisageait, et Gioele semblait s'en moquer.

— Ce n'est pas l'homme, chuchota-t-il. C'est une ombre pour chasser les oiseaux.

Le jeune cochon nous montra un enclos à quelques pas de la tanière. On apercevait deux cochons, l'un plus gros que l'autre, allongés côte à côte.

— Le voilà, c'est le plus petit.

L'autre cochon était une truie enceinte. Elle avait posé son museau sur le dos de David, sereine. Il ne faisait pas de doute que c'était ses enfants qu'elle attendait. Ils s'étaient bien occupés, dans cet enclos. Il n'y avait pas grand-chose d'autre à faire sur ce lopin de terre aride qui ressemblait à celui des poules de Solomon, avec sa bassine d'eau dans un coin.

Leur sommeil si tranquille m'impressionna. Je n'arrivais pas à savoir si je trouvais cette existence horrible ou désirable, si vivre confinés dans un enclos était un confort ou un avilissement. De là où je les épiais, j'avais pitié d'eux, mes comparses aussi ; et pourtant leurs museaux suggéraient que nous leur inspirerions la même chose.

L'homme sortit de sa tanière en même temps qu'une chienne. Ils étaient vieux tous les deux, le poil long et le regard fatigué. Les cochons se réveillèrent et les regardèrent entrer dans l'enclos, se laissant approcher sans crainte. L'homme tenait un sac qu'il retourna devant eux. Les cochons se mirent à manger.

À part son grand âge, il ressemblait en tout point aux formes que j'avais vues dans la boîte, ou sur les planches colorées de Solomon ; il était recouvert de tissus, sans pelage, avec du poil blanc sur le museau. Voilà donc un fils de Dieu, me dis-je. Une âme sauvée.

De la porte de la tanière sortit un autre homme. Beaucoup plus jeune, plus frêle, une femelle. Elle se planta sur le seuil et parla dans le langage de la Bible, quelques paroles rapides que je compris avec difficulté. Elle disait qu'il fallait rentrer.

Le vieux referma l'enclos, se nettoya les pattes devant sa porte, puis il caressa la chienne et la laissa dehors. Cette dernière fit le tour de la tanière avant d'aller se coucher en boule devant l'entrée.

— Attendons encore, dit Gioele.

Nous attendîmes tant que la peur finit par me quitter.

Le soir tomba. Les lumières s'éteignirent dans la tanière et nous n'entendîmes plus un bruit, juste la nuit. Gioele se leva dans la cachette et secoua vigoureusement notre prisonnier.

Il n'avait pas l'air en forme : museau défait, souffle rapide et irrégulier. Ses blessures sur le cou avaient séché, laissant apparaître des boursouflures brillantes dans lesquelles la lune se reflétait.

— Maintenant tu l'attires vers la clôture, lui intima Gioele.

— Oui, d'accord.

— Invente une excuse, dis que tu t'es blessé, débrouille-toi pour qu'il se penche en avant.

— D'accord.

— C'est ta vie que tu joues.

Gioele me demanda de tenir la laisse. Le jeune cochon avait recommencé à trembler.

— Amène-le devant ce bout de clôture, et couche-toi au sol, dans l'herbe, m'ordonna-t-il. Ne le lâche pas.

J'acquiesçai, me levai à mon tour.

Pas un bruit.

Le chien partit le premier se poster en embuscade. Je le voyais se déplacer sans produire le moindre son, si ce n'est un léger froissement d'herbe. Essayant tant bien que mal de l'imiter, la gorge serrée, je fis avancer le prisonnier jusqu'à l'endroit indiqué. Il me fallait moi aussi trouver une cachette. Les silhouettes des deux cochons se détachaient dans l'obscurité, nous étions arrivés. Je me tapis dans l'herbe en laissant du jeu à la laisse ; mon prisonnier s'en aperçut avec un sursaut de joie mais je tirai aussitôt sur la corde pour lui faire comprendre que j'étais toujours là.

Je n'arrivais pas à savoir où se trouvait le chien. Le jeune cochon tremblait en jetant des coups d'œil paniqués vers ma cachette ; je levai la tête pour le foudroyer du regard.

— Allez, soufflai-je.

— David, appela-t-il à voix basse. David !

Les silhouettes se murent dans l'enclos.

— Qui est-ce ?

La voix était encore pâteuse de sommeil.

— Aide-moi, David, dit le prisonnier.

Une des deux silhouettes se leva.

— David, c'est qui ?

La truie s'était réveillée à son tour.

— Je ne sais pas. Qui est-ce ?

Le cochon s'approchait de la clôture. Je le voyais mieux, à présent, tandis qu'il venait vers nous en plissant les yeux, les narines en l'air, prêt à intercepter la moindre odeur.

— C'est Ciro, David. Je suis blessé.

David s'approcha encore, le reconnut.

— Qu'est-ce que tu fais ici ? Tu es tout seul ? demanda-t-il.

Le prisonnier hésita. Je vis ses yeux me chercher, et un long frisson me courut le long de la queue.

— Je suis blessé, David. Regarde.

Il lui fit voir la corde qu'il avait autour du cou, et les blessures.

— Je n'arrive pas à me libérer, aide-moi.

David fit un pas de plus. Il était arrivé devant la clôture.

— C'est qui, David ? redemanda la truie.

On entendait maintenant l'inquiétude pointer dans sa voix.

— C'est mon cousin. Qu'est-ce que tu fais ici ?

— Aide-moi.

Le prisonnier tendit son cou vers lui en prenant garde à ne pas trop s'approcher, de sorte que l'autre était obligé de se pencher. Il pleurait.

— Enlève-moi ça.

David garda le silence, perplexe, sans bouger.

— Un de tes cousins ?

La truie s'était levée et l'avait rejoint.

— Enlève-moi ça, répétait le prisonnier.

— Qu'est-ce qu'il veut ? Il est blessé ?

La truie était toujours plus proche.

— Enlevez-moi cette corde.

— Je ne peux pas, il faut que tu approches, dit la truie.

— Tu es tout seul ? demanda à nouveau David.

— Voilà, j'y suis presque.

Gioele fut leste. En un éclair, il apparut de nulle part, envoya le prisonnier dans le décor et freina sa course en attaquant la truie à la gorge, ses crocs puissamment enfoncés. Elle poussa un hurlement atroce, écarquilla les yeux et essaya en vain de s'arracher à la morsure. Sous l'effet de la surprise, David bondit et hurla à son tour. Gioele serra les mâchoires de plus belle et fut peu à peu recouvert de sang, noir comme la poix, noir comme la nuit. La truie poussa un autre cri, qui s'acheva vite dans un gargouillis désespéré suivi d'une violente convulsion. David essayait de la tirer en arrière, s'époumonant, appelant à l'aide. Le chien parvint à donner un nouveau coup de mâchoires pour améliorer sa prise, et la tête de la truie dépassa encore plus de la clôture, les yeux exorbités, la gueule ouverte. L'odeur du sang était parvenue jusqu'à moi et je dus réprimer mon envie instinctive de me joindre à l'attaque. Il ne fallait pas compliquer la tâche de Gioele.

— Qui est là ? Qui est là ?

La chienne avait commencé à aboyer.

En l'entendant, le prisonnier tenta la fuite ; il tira sur la laisse de toutes ses forces, m'arrachant à ma cachette, me traînant dans le pré.

J'appuyai sur mes pattes pour freiner. Le jeune cochon s'étrangla et cessa d'avancer. La tanière de l'homme s'éclaira : j'en eus le poil dressé. Gioele accourut vers nous en recrachant un morceau de viande.

— Fichons le camp ! hurla-t-il.

Nous nous mîmes à courir tous les trois vers le champ de blé.

Les cris de David déchiraient la nuit, accompagnés des hurlements de la chienne.

— Qui est là ? Qui est là ?

— Cours ! m'ordonnait Gioele.

Un grand fracas nous arriva par-derrière, accompagné d'un sifflement, puis nous fûmes au milieu des branches, sains et saufs.

Nous nous arrêtâmes dès que le bois eut effacé nos traces. J'étais essoufflé et euphorique – cette euphorie que l'on ressent après avoir échappé de peu à la mort. Je venais de vivre ma première aventure de bandit, un vrai raid. Je repensai au livre de Solomon.

— Maintenant, libérez-moi, dit le jeune cochon.

Il haletait. Pendant la course, ses plaies s'étaient rouvertes. Gioele me prit à part.

— Tue-le, me dit-il.

J'obtempérai. Le jeune cochon n'eut aucun mal à déchiffrer l'expression de mon museau, l'allure avec laquelle je revenais vers lui, ma façon de tenir la laisse. Il battit aussitôt en retraite, cherchant à s'éloigner de moi le plus possible, se blessant le cou.

— J'ai fait ce que vous me demandiez, vous devez me libérer ! s'écria-t-il.

Je ne répondis pas. Gioele observait la scène, non loin.

Le prisonnier commença à pleurer, se jeta par terre, bredouillant des suppliques.

— J'ai fait ce que vous me demandiez, j'ai fait ce que vous me demandiez.

Je lui sautai dessus en raccourcissant la laisse de sorte à l'étrangler. Il se défendit comme il put, me frappant sur le museau, essayant de me tenir à distance.

— Non ! Non ! hurlait-il, puis il sanglotait quand je tirais sur la corde.

Loin de me laisser attendrir, je regardais la mort s'emparer de ses yeux et se répandre dans ses pensées. Ce jeune cochon mourait et il le savait. Quand il fut trop fatigué pour lutter, je lui sautai de nouveau à la gorge et mordis. Au moment où le goût du sang se répandit sur ma langue, je le sentis tressaillir.

— Non, non, dit-il encore une fois, la dernière.

Ses yeux s'ouvrirent en grand avant de se détendre et de rester immobiles, placides, fixés sur le lointain. Sa respiration s'arrêta ; la mienne ne décélérait pas. Je l'avais tué et ne m'en repentais pas. Il avait demandé la liberté, c'était la mort qu'il avait trouvée. Ce n'était pas juste, mais ça n'avait pas d'importance ; Dieu était cruel.

Nous le mangeâmes en entier, sauf la tête. Gioele me la montra.

— Qui c'est, lui ?

Je compris aussitôt.

— David.

— Bonne réponse.

XI

ANJA

D'autres aventures succédèrent à celle-ci. De temps en temps, quand une tâche facile se présentait, le vieux renard me laissait partir à la découverte de la forêt. Il ne m'envoyait jamais trop loin, même si souvent les événements nous conduisaient au-delà des limites fixées par le plan initial, comme cela avait été le cas avec David.

Aiguillé par Gioele auquel j'obéissais toujours, j'appris à gérer les situations difficiles et me rendis vite utile. Parfois, quand la violence n'était pas requise, le chien me laissait parler à sa place. C'était un taiseux, il m'enseignait tout par gestes. Je ne savais jamais si mon compagnon d'aventures était triste, ou heureux, ou agité ; son museau restait imperturbable en toutes circonstances. Je me demandais comment il percevait le monde, s'il avait des émotions ou des désirs, s'il ressentait parfois le besoin de pleurer. Il ne reculait devant rien, menait à bien toutes ses missions, sans exception. Le seul être qu'il craignait était notre maître commun. Je découvris que dans certains coins, Solomon était surnommé *le renard à la mémoire longue*, et cela me fit réfléchir au pouvoir de l'écriture, imperméable au temps qui passe. Je continuais à transcrire son livre sous sa dictée, changeant des phrases selon sa volonté, modifiant son histoire.

— Solomon, il manque un morceau, ici.

Le dernier mot de la page était tronqué, et la page suivante redémarrait sur un autre mot, une autre histoire.

— Continue.

— Mais il manque un bout.

— Continue, je te dis !

Il toussait. Sa toux sourde ne lui était pas passée, il l'avait traînée tout le printemps. Le soir, il s'asseyait dehors et regardait le coucher de soleil. Je lui apportais les premières grappes de raisin, ou une pomme cueillie sur l'arbre ; si j'avais fini mon travail, je m'installais à côté de lui.

— Le monde est magnifique, dit-il une fois. L'herbe est belle, et l'eau, les arbres, l'air.

Il prit une profonde inspiration.

— C'est peut-être parce qu'il n'en existe pas d'autre, fis-je.

Le vieux renard se retourna vers moi, irrité.

— J'aurais créé le même, si j'avais été Lui.

Il pointa le doigt vers le ciel.

— Nous avons les mêmes goûts.

— Si tu le dis.

La journée, les clients affluaient. Je prenais note des transactions sur les planchettes, marquais les marchandises, ajoutais les détails qu'énonçait Solomon. Ce travail ne me déplaisait pas, mais au fond de moi, je n'attendais qu'une chose : repartir. Quand je passais trop de temps enfermé, la tristesse me rattrapait : elle ressurgissait du bois, où je l'avais semée la fois précédente, et le désir de voyage était le seul remède.

Un soir du début de l'été, nous nous retrouvâmes face à deux fouines. Comme j'étais en train d'écrire, je ne les vis pas tout de suite, mais je laissai tomber ma planche dès que je levai les yeux. Derrière un mâle robuste au museau écrasé s'abritait timidement la plus belle créature que j'avais vue de ma vie. Elle me regardait de ses grands yeux fixes et miroitants.

Je rougis. Le souffle me manqua, un vertige me saisit, ça dansa dans ma tête, j'étais mou et rigide à la fois.

— Tu as perdu l'usage de tes pattes ? Ramasse !

Je repris mes esprits et détachai un instant mon regard de la nouvelle venue pour ramasser la planchette. Quand je me redressai, elle me dévisageait encore, sans aucune gêne, remuant mes sens, pénétrant au plus profond de moi-même. Je sentis s'élever d'en bas un instinct rapide, impérieux, une pulsion qui m'ordonnait de me lever pour la faire mienne, ici, devant les autres, sans peur ni doute.

Je parvins à stopper cet élan à la gorge, à le réprimer dans un tremblement, et baissai les yeux. Une puissante tristesse s'abattit sur moi. Je ne me sentais plus animal ; j'avais troqué mes instincts contre des questionnements et des doutes, pour exercer ma raison, pour contrefaire ma vraie nature. Solomon aurait dit que mes sentiments étaient futiles, que cet amour était factice, et je ne pouvais m'empêcher de le penser aussi. Et je pensai à Dieu, à combien j'avais été maudit de faire Sa connaissance, et à Louise.

— Écris !

Je m'ébrouai de nouveau.

— Hector, fouine, trois poules.

— Oui.

Je relevai la tête : elle me fixait encore.

— Habite dans le bois sud, près du Rocher Submergé.

Ma patte tremblait, j'écrivais de travers.

— Contre six sacs de carottes, dans deux jours. C'est bon ?

— C'est bon.

Le vieux renard m'arracha la planche et relut les termes de l'échange à voix haute.

— Vous êtes riches ? demanda-t-il.

La fouine répondant au nom d'Hector ne sembla pas comprendre la question.

— Si je vous donnais quatre poules contre dix sacs de carottes ?

— D'accord.

Solomon scruta le client d'un air soupçonneux,

du même regard noir qu'il aurait réservé à un bandit. Il me rendit la tablette.

— Voilà ce qu'on va faire : je vous donne une seule poule aujourd'hui et vous me rapportez trois sacs de carottes. Une fois que vous me les aurez rapportés, je vous donnerai les autres, et quelqu'un viendra chercher les sacs restants.

Hector réfléchit un instant, pris de court.

— On a besoin de trois poules, bredouilla-t-il.

— C'est ça ou rien. Affaire conclue ?

J'étais revenu à elle. Quand elle s'en aperçut, elle soutint mon regard et ses yeux recommencèrent à me remplir, à estomper le monde autour d'eux. Dans mes yeux à moi devait se lire le désir de fuir ou de me cacher, pourtant je restais là à attendre, vulnérable.

Le vieux renard m'envoya chercher une poule et je me précipitai au poulailler. J'attrapai la première qui me passait sous le nez et fus aussitôt de retour en haut, m'efforçant de boiter le moins possible.

— Dans deux jours, trois sacs de carottes, compris ? Pas d'entourloupe, on sait où vous trouver, avertit Solomon.

— La voilà.

Je leur tendis la poule. J'aurais voulu sentir l'odeur de la fouine femelle mais elle était trop loin et celle du mâle prenait le dessus.

Le vieux renard s'était mis à les étudier, toujours pas convaincu.

— Vous êtes une famille ? demanda-t-il.

— C'est ma sœur Anja.

— Vous êtes les enfants de qui ?

— De Sasha le Grand.

Le vieux renard réfléchit.

— Jamais entendu parler de lui. Dans deux jours, trois sacs de carottes.

Anja.

Je me souviens de n'avoir pensé qu'à une chose en la regardant descendre la colline et se fondre dans les arbres. Et cette pensée m'accompagna toute la journée. Mes doutes avaient cédé la place à une certitude. Anja n'était pas une chose stupide, un sentiment factice. Anja était ce que je voulais à tout prix.

Le lendemain matin, Hector revint sans elle, accompagné d'un autre mâle. Ils apportaient quatre lourds sacs de carottes. Le vieux renard les vit arriver par la fenêtre de la cuisine, alors que nous prenions le petit déjeuner.

— Je te l'avais dit que c'était des bandits, lança-t-il.

Il leur fit poser les sacs devant la porte de la tanière et vérifia leur contenu. Puis il m'envoya prendre trois poulets, de ceux qui ne faisaient pas d'œufs. À mon retour, Gioele avait été appelé et dévisageait les étrangers sans dire un mot. J'attachai les pattes des trois volatiles puis les tendis à Solomon encore gesticulants.

— Vous nous devez encore six sacs, dit-il dans une toux.

Il fit un geste vers Gioele et moi avant d'ajouter :

— Ils vont venir avec vous pour en rapporter déjà trois. D'accord ?

Les deux fouines étaient d'accord. L'émotion s'empara de moi ; j'allais revoir Anja. Le vieux renard passa les poulets à Gioele et lui adressa un long regard d'avertissement, le même qu'à chaque fois que Gioele m'embarquait dans ses aventures. Le chien acquiesça. Peu de temps après, nous quittions la colline.

Les deux fouines ouvraient le chemin, Gioele se tenait au milieu, et je fermais la marche. S'apercevant d'eux-mêmes que je n'avançais pas vite, ils ralentirent l'allure. Nous parlâmes peu ; il valait mieux garder le silence pendant le trajet, rester à l'affût des dangers, mais je parvins néanmoins à apprendre que l'autre fouine s'appelait Biko. Ils étaient plus vieux que moi, portaient les marques de luttes et de blessures anciennes, avaient le regard endurci. Entre eux, la relation ne semblait pas amicale. Une seule fois, les deux mâles eurent l'air de s'entendre : quand Gioele et moi nous arrêtâmes pour boire à un ruisseau. Ils nous dirent qu'ils nous trouvaient trop lents et me scrutèrent d'un œil réprobateur. Je fis de même.

— Je vais le porter, lança alors Gioele.

Il me confia les poulets et me hissa sur son dos. Les fouines ne s'attendaient pas à ça. J'eus d'abord honte de me trouver là-haut comme un invalide, puis je me rendis compte que la peur s'était invitée sur leurs museaux. Peut-être n'avaient-ils pas l'habitude de voir un gros chien mettre genou à terre pour transporter un animal plus petit que lui, peut-être croyaient-ils que j'étais son maître, boiteux mais redoutable. La honte me passa aussitôt ; maintenant, je les dominais.

Le Rocher Submergé était un bloc de pierre au milieu d'un petit étang. Dès que nous nous en approchâmes, je me mis fébrilement à chercher Anja du regard. Je tournais la tête au moindre bruit, espérant la voir arriver, merveilleuse, pour nous conduire jusqu'à sa tanière. Je m'imaginais tout près d'elle, lui parlant, respirant son odeur. Mais je réalisai que je n'en aurais pas le temps. Gioele ne me laisserait jamais rester, nous allions prendre les sacs et repartir au plus vite. C'était trop frustrant, il me fallait inventer quelque chose. Discrètement, je tirai avec mes crocs le lien enserrant les pattes de l'un des poulets.

Les deux fouines nous conduisirent jusqu'à un grand arbre au pied duquel s'entrevoyait l'entrée d'une tanière et nous firent patienter près des racines, dans une zone dépourvue d'herbe. Je remarquai non loin de là un petit poulailler en construction. La poule qu'ils étaient venus chercher la veille y picorait déjà.

Sortit alors de la tanière une fouine énorme – je n'en avais jamais vu d'aussi grosse –, au regard alerte bien qu'ensommeillé et à l'âge vénérable. C'était Sasha le Grand.

— Hector, qui c'est, ceux-là ? dit-il en nous

montrant. Et pourquoi est-ce qu'ils se promènent empilés comme ça ?

Il nous regardait avec stupeur.

Hector le salua de la tête.

— Ce sont les serviteurs du renard, papa. Ils ont amené les poules.

Sasha acquiesça en nous gardant à l'œil.

— J'imagine qu'ils veulent leurs carottes, fit-il. Silas !

Un autre mâle ne tarda pas à se montrer, plus ou moins du même âge qu'Hector, le pelage en piteux état. Sasha lui demanda de prendre les sacs et de se faire aider. Hector entra avec lui, suivi par Biko, mais ce dernier fut tout de suite arrêté par la grande fouine qui grogna :

— Gare à toi, jeunot.

Biko déglutit et fit demi-tour.

Hector réapparut, accompagné de Silas, d'une femelle enceinte et d'Anja, chacun portant un sac de carottes. Ces dernières semblèrent toutes les deux étonnées de nous voir. Mon cœur commença à battre plus fort et je me figeai, les oreilles dressées.

— On ne va en ramener que trois aujourd'hui, dit Gioele en se baissant pour me faire descendre.

— Comme vous voulez, répondit Sasha.

Anja me regarda approcher d'Hector, les poulets à la main. Elle aussi avait le museau brouillé de sommeil mais elle me parut encore plus belle ainsi, alors qu'elle se tenait contre l'autre femelle. Dieu en personne aurait pu la dessiner.

Je tendis les volailles à son frère et ma stratégie porta ses fruits : dès que mes doigts quittèrent leurs pattes, l'un des poulets se libéra de la corde et tomba par terre ; l'instant d'après, les deux autres l'imitèrent, agitant frénétiquement leurs ailes et prenant la fuite dans des directions opposées au milieu d'un grand nuage de poussière. Hector se lança à la poursuite de la première, Gioele pourchassa la deuxième et Biko la troisième. Les fugitives foncèrent dans le bois, obligeant les deux fouines et le chien à les y suivre. Je me retrouvai seul avec Sasha et sa famille.

— C'est toi qui as fait le nœud aux poules, le boiteux ?

— Oui, monsieur.

Il me tourna le dos.

— Du sale boulot, dit-il en se dirigeant vers la tanière.

Je vis que les femelles s'apprêtaient aussi à rentrer. Seul Silas resta immobile.

— Attends ! hurlai-je.

La grande fouine s'arrêta, ainsi que les deux autres. Anja avait fait volte-face et me regardait. Un frisson d'excitation et de courage se propagea à tout mon corps.

— Ta fille, dis-je. Je la veux.

Sasha le Grand resta quelques instants stupéfait avant d'éclater de rire.

— Tu veux ma fille, le boiteux ? Laquelle ?

— Anja.

La grande fouine ricana.

— Alors mets-toi dans la file, mais je doute que tu tiennes jusqu'à l'automne.

Anja baissa les yeux et entra chez elle, l'autre femelle aussi. Sasha le Grand poussa un grognement et disparut à son tour. Je ne savais que dire, que penser.

Silas vint me tirer de ma perplexité.

Il me raconta que Sasha s'était retrouvé seul avec quatre enfants. La deuxième, Tess, était morte deux étés plus tôt, disputée par de nombreux prétendants qui avaient fini par la tuer. Le même scénario se reproduisait avec Anja. La saison des amours avait amené Fedor, puis un petit jeune, Derry. Derry avait tué Fedor dans le bois et s'était mis à voler des carottes à l'homme, pour en faire don à son élue.

Ensuite était venu Biko, qui avait mis Derry en fuite. Biko avait proposé d'acheter des poules et de construire un poulailler. Fort de sa malheureuse expérience, Sasha avait décidé de protéger sa fille jusqu'à l'automne. Qui la voulait devait être capable d'attendre et de lui demander sa main après la saison des amours, sans n'être plus guidé par son instinct. Et il devait avoir éliminé ses rivaux. Hector aidait son père à mettre en œuvre ce plan, il n'était resté que pour Anja. Silas, quant à lui, était le conjoint de la troisième, Dana, enceinte. Ils partiraient vivre ailleurs une fois les petits nés, après le tumulte de l'été. Silas était convaincu que Derry allait réapparaître, ainsi que d'autres ; Biko était plus grand et plus rusé, mais il devait encore faire ses preuves. Bref, c'était les bandits habituels, amourachés de la plus belle femelle sur laquelle ils avaient posé les yeux.

J'appris tout cela avec grand intérêt. Entre-temps, les autres étaient revenus, avec les poules.

— Lâche l'affaire si tu tiens à ta peau, conclut Silas.

À cet instant seulement, je m'aperçus que Biko était en train de nous observer. Il avait compris quelque chose et me jeta un regard torve. Le soleil était déjà haut dans le ciel ; je récupérai le sac de carottes que me tendait Gioele.

— Allons-y, fit ce dernier.

Je n'avais jamais entendu une chose pareille. Qu'un mâle pût se soucier à ce point de sa progéniture… La peur de perdre une autre fille avait rendu Sasha fou mais incroyablement malin.

Quiconque voulait l'une de ses filles devait prouver sa bonne volonté, et avant tout à lui-même. Je trouvais cette idée si brillante que j'avais peine à croire qu'elle eût germé dans le monde où nous vivions.

Nous arrivâmes chez Solomon à la nuit tombée. Mis à part le poids des sacs, le trajet fut sans encombre. Le vieux renard s'était endormi assis, dans la cuisine. Sur la table se trouvait un objet qui faisait du bruit, un galet recouvert d'inscriptions. Il appartenait à l'homme, je ne l'avais encore jamais vu : Solomon l'avait peut-être reçu comme paiement le jour même.

L'objet émettait un son continu et rassurant, un tic-tac. Je m'aperçus que certaines des inscriptions étaient des petits bâtons, et que ces bâtons se déplaçaient, tournaient.

— Pose-le par terre, dit le vieux renard qui s'était réveillé.

— Qu'est-ce que c'est ?

— Un vilain truc.

— C'est-à-dire ?

— Ça compte le temps qu'il te reste avant de claquer. C'est horrible.

Je regardai l'objet, fasciné. Il m'inquiétait, mais il avait ouvert en moi une nouvelle perception : ce que je pensai à cet instant, en entendant le tic-tac, me parut particulièrement précieux.

— C'est à l'homme ? demandai-je.

— C'est à quelqu'un qui n'a pas peur, dit-il. Maintenant rends-moi un service, va au torrent et jette-le. Je ne veux plus l'entendre.

Il toussa fort.

— Et reviens ici, on doit écrire.

Arrivé face au torrent, je désobéis. J'eus l'instinct de jeter l'objet, mais me retins. Il y avait quelque chose dont j'étais en train de prendre la mesure, avant ma mort. C'était l'arrivée de l'automne, c'était Anja.

Le lendemain, nous retournâmes prendre les trois derniers sacs à la tanière de Sasha le Grand. Bien que j'eusse écrit pendant presque toute la nuit, je ne ressentais pas la moindre fatigue. Les aventures que Solomon essayait en vain d'amender en me dictant ses bizarreries avaient le pouvoir de m'animer, de me faire vivre les miennes. J'attendais de la revoir.

Nous arrivâmes en fin d'après-midi. Il n'y avait personne sous le grand arbre, tout le monde dormait encore. Surgi d'un buisson avec un rat dans la gueule, Silas prit peur en nous voyant. Gioele lui indiqua les raisons de notre visite.

— Les sacs sont cachés derrière, venez, nous dit-il alors.

Le chien s'exécuta mais je restai à ma place. L'entrée de la tanière était plongée dans l'obscurité, m'empêchant de voir ses occupants. Sans y réfléchir à deux fois, je ramassai un caillou et le lançai à l'intérieur, avant de m'abriter derrière une racine. Hector sortit alors, en alerte, les oreilles dressées, au moment où Gioele était en train de revenir avec Silas. Les trois échangèrent quelques mots, et voilà que j'aperçus pointer derrière son frère le joli museau d'Anja. En voyant Gioele, elle s'était aussitôt mise à chercher quelqu'un d'autre du regard. Moi. Je frémis tout entier.

Anja me remarqua la première lorsque je quittai ma cachette. Je pris le galet de Solomon, que j'avais gardé avec moi, le lui montrai et le posai sur une racine, puis je rejoignis Gioele et me chargeai d'un sac de carottes. Nous partîmes sans un au revoir, en silence. Je me retournai quatre fois.

— Sasha le Grand Imbécile, ironisa le vieux renard. Quatre poules qui ne font pas d'œufs contre dix sacs remplis de carottes.

Il rit, puis se mit à tousser.

— Dieu les crée tous idiots. Merci, Dieu, grinça-t-il.

Ce jour-là, nous vendîmes un peu de carottes à tout le monde, à prix d'or, et je replantai les fanes de celles que nous avions mangées. Je me souviens que je ne fis rien d'autre que réfléchir à comment prendre Anja et chasser Biko, ou Derry, ou qui que ce soit. Je me sentais fort, mais pas fort au point de combattre un vrai bandit, et puis j'étais boiteux. Une partie de moi savait que je devais laisser tomber, l'autre, au contraire, espérait, rêvait éveillée, m'entraînait aussi puissamment que la pire des tentations.

Je repensais à Louise et j'avais du mal à ne pas voir les similitudes. Je me demandais pourquoi continuer, pourquoi donner à Dieu la possibilité de me blesser à nouveau. Je m'entêtais.

Deux jours passèrent. Au beau milieu de la nuit, je fus réveillé en sursaut. Quelqu'un se tenait à ma fenêtre. Je m'approchai prudemment en brandissant une lanterne. La grande tête de Gioele apparut. Il m'observait.

— On te cherche, dit-il.

J'ouvris des yeux ronds.

— Qui ?

— Sors.

Je le rejoignis sans faire de bruit et nous descendîmes la colline.

— Qui me cherche, Gioele ? demandai-je à nouveau, en proie à une angoisse grandissante.

Le chien s'immobilisa.

— Lui.

Il montra un point entre les arbres, et je discernai le museau d'une fouine. C'était Hector.

— Qu'est-ce qu'il veut ? demandai-je, mais le chien repartait déjà.

La peur m'abandonna peu à peu. Si Gioele me laissait seul, c'est que je n'avais rien à craindre. J'allai à la rencontre de mon visiteur, les membres fourmillant d'excitation.

Hector m'examinait avec sévérité, ne me salua pas quand je fus près de lui, se contenta de me demander de le suivre. Nous parcourûmes quelques mètres dans le bois, puis la fouine s'arrêta. Là, au milieu des bouleaux, Anja nous attendait. Je retins mon souffle, contractai mes muscles comme face à un animal féroce. Hector nous laissa seuls.

Elle vint vers moi et se planta à quelques centimètres de mon museau. Son odeur était légère, pointue et propre, un parfum d'herbe coupée. Je flageolai quelques instants sur mes pattes, pris de vertige. Le regard d'Anja me traversait l'épiderme, me figeait sur place. Je ne pouvais rien lui cacher.

— Qu'est-ce que c'est ? demanda-t-elle

Elle me montra le galet. Son tic-tac remplit mes oreilles en même temps que la voix d'Anja. Chaude et frêle, douce et indécise. Je regardai le galet pour revenir à la réalité.

— Ça appartient à l'homme, répondis-je. Ça mesure l'avant et l'après.

Les yeux d'Anja revinrent se poser sur moi. Je compris que le galet n'avait rien à voir avec sa venue.

— L'avant et l'après ?

— L'homme appelle ça *le temps.*

Je m'interdis de lui révéler la vraie utilisation de l'objet.

— L'arrivée de l'automne, dis-je.

Elle sourit avec ses yeux.

— Comment tu t'appelles ?

— Archy.

Elle soupira, s'approcha encore plus. Mon cœur me poussait en avant mais mes pattes ne lui obéissaient pas. Elle enfouit son museau dans mon cou, exerça une douce pression et se faufila entre mes pattes. L'instinct prit alors le dessus et je l'attirai fermement contre moi. Elle eut un instant d'hésitation, je vis ses pupilles vaciller ; avec un grand soupir elle pressa son ventre contre le mien, puis se laissa prendre. Nos deux instincts s'encastrèrent à la perfection, nous dansions la même danse ; le temps se fit tout petit et le monde se cacha, je me perdis moi-même en elle, et elle en moi. Quand le calme revint, alors que nous étions encore enlacés, elle me jeta un regard inquiet.

— Reviens à l'automne. S'il te plaît, dit-elle.

Elle se releva et partit en courant. Je me levai à mon tour mais elle était déjà loin, s'enfuyant aux côtés de son frère. Un bruit me fit sursauter.

C'était le tic-tac du galet. Elle me l'avait laissé.

Solomon m'avait cherché et ne m'avait pas trouvé. Je le vis assis à la table de la cuisine, en train de lire une page chiffonnée, la mine sombre. Il avait dû fouiller dans mes affaires à la recherche d'un indice pour savoir où j'étais. Je reconnus tout de suite la dernière page de mon manuscrit, celui dans lequel je parlais de Louise. Il leva son regard vers moi, furieux.

— J'ai eu la bonté de t'enseigner la vérité sur le monde et voilà ce que tu en fais ? siffla-t-il.

« Solomon » fut tout ce que je trouvai à rétorquer.

Il me lança une assiette qui s'écrasa sur mon museau. Je sentis mes chairs brûler. Il s'était levé.

— *Dieu est cruel et mesquin*, cita-t-il, *Il m'a maudit et je Le déteste ?!*

Une autre assiette vola dans la pièce, mais je l'évitai.

— Petit bâtard de poil de cul ! tonna-t-il. Tu n'as même pas le droit de dire Son nom, animal merdeux !

Il avait le poil hérissé, il déchira la feuille en mille morceaux.

— Si Dieu a voulu que ta sœur meure, c'est parce que personne n'en avait rien à foutre de vous deux, on se torche le cul avec tes amours, imbécile !

Dans un grand fracas, il retourna la table. Cette fois, Gioele se garda bien de descendre.

— Tu veux savoir qui est vraiment maudit ? poursuivit-il. Moi, je suis maudit ! Moi, pour t'avoir permis de souiller Son nom avec toute la merde que tu as dans la tête !

Il fut pris d'une attaque de toux très violente. Je le vis se courber, tressaillir, essayer de reprendre son souffle, tituber jusqu'à sa chaise. Il parvint enfin à se ressaisir. Le vieux renard regarda sa patte, elle était couverte de sang ; un filet lui coulait de la gueule et s'étirait jusque sous son menton. Il ouvrit grand les yeux.

— Bon Dieu, dit-il avant de s'écrouler par terre.

XII

COMME UN ANIMAL

La façon dont les événements se succédèrent n'en finit pas de m'étonner. Aujourd'hui encore, j'ai du mal à croire qu'en quelques instants seulement je passai de la plus grande des joies à la tragédie.

J'envoyai Gioele chercher un médecin, le plus vite possible. Je traînai jusqu'à sa chambre le vieux renard évanoui ; il respirait mal, sa langue pendait hors de ses babines, colorée de sang. Une terrible angoisse s'insinua dans mes veines et je ne fus bientôt plus qu'une ombre tremblotante, un murmure au chevet du malade. J'étais là, assis, incapable de penser à rien, la tête retenue par un fil d'araignée. À la lueur vacillante de la chandelle, le museau tourmenté de Solomon prenait des proportions monstrueuses, et je devais ouvrir grand les yeux pour essayer de me rappeler à quoi il ressemblait. J'attendis une éternité. Le chien revint en compagnie du castor, le même qui avait été appelé à mon chevet. Il avait l'air encore plus apeuré que la fois précédente, le souffle court et le pelage hirsute, l'haleine âcre du dormeur. Je lui racontai ce qu'il s'était passé, il m'écouta en secouant la tête et en jetant de fréquents coups d'œil vers le vieux renard. Plus j'expliquais, plus il semblait nerveux. Puis il s'assit à côté du malade et commença à l'ausculter. Un silence insupportable s'abattit sur la pièce. Le castor lui ouvrit la gueule, examina sa langue, écouta sa respiration. Gioele et moi le regardions faire, tendus. Les trésors de Solomon, ces objets de l'homme qu'il avait passé sa vie à collectionner, étaient dispersés un peu partout. Le vieux renard ne nous aurait jamais permis d'être ici, il se serait mis dans une colère noire. La même pensée dut nous traverser tous les deux, Gioele et moi, car le chien sortit et alla attendre dehors. Le castor se leva de sa chaise et vint vers moi. Son regard ne me plut pas ; mon angoisse enfla et me retourna l'estomac. Nous sortîmes de la chambre ; il put ainsi s'adresser à nous deux.

— Je ne sais pas ce qu'il a, dit-il dans un filet de voix.

Le castor se courba, comme pour parer les coups, puis il prit une profonde inspiration.

— Mais il est en train de mourir.

Nous restâmes tous les trois immobiles. Les yeux du docteur sautaient de Gioele à moi, tentant de déchiffrer nos intentions. Le chien fut le premier à bouger, il se dirigea lentement vers la fenêtre puis s'arrêta de nouveau. Cet horrible silence effraya le docteur.

— Je ne sais pas ce qu'il a, répéta-t-il sans obtenir de nous aucune réaction.

Le soleil était en train de se lever derrière les arbres et colorait le ciel d'azur. J'entendis alors le vieux renard tousser et grogner faiblement. J'accourus dans sa chambre pour le trouver les yeux ouverts, me fixant.

— J'ai soif, dit-il.

Il n'avait pas les idées claires. La tête toujours posée sur l'oreiller, il essayait de se lécher le museau. Quand je lui apportai de l'eau, il sembla se ressaisir et remarqua ma mine sombre.

— Que s'est-il passé ? croassa-t-il.

Je pris une profonde inspiration.

— Tu es malade, Solomon.

Il ne me quitta pas des yeux. Il avait compris.

— Va chercher de quoi écrire.

— Qu'il en soit ainsi. Dieu me rappelle à Lui.

Le vieux renard esquissait un sourire. Il n'arrivait plus à dicter, aussi dus-je écrire tout seul, remodelant les phrases à voix haute jusqu'à ce qu'il m'indique d'un geste que le résultat lui convenait. Je le trouvais serein, et cela me donna la force de me concentrer sur notre tâche.

— Il m'amènera au paradis, avec Ses enfants, comme un homme.

Il respirait difficilement, devait faire beaucoup d'efforts pour parler, et je m'interrompais pour l'écouter. Mais je crois qu'il s'adressait moins à moi qu'à lui-même. C'était une façon de se donner du courage.

— Dieu est avec moi. Dieu est de mon côté.

« Bien sûr », lui répondais-je avant de me remettre à écrire. Nous n'avions pas autorisé le docteur à partir et lui-même ne nous l'avait pas demandé. Par peur, sans doute, il était resté assis dans l'entrée puis était allé dans la cuisine préparer quelque chose à donner au renard, pour la douleur.

— Tu mourras aussi, lui avait lancé Solomon, acide.

Je vis un frisson parcourir le castor bien qu'il n'ait sûrement pas tout à fait saisi la signification de ces mots. Gioele n'avait pas bougé de la fenêtre, ni touché la moindre nourriture ; il regardait au loin, inexpressif.

— Ne Le déteste pas, me dit à un moment Solomon.

Je reposai ma plume.

— Qui est-ce que je déteste ?

— Tu as écrit que tu détestais Dieu parce que ta sœur était morte.

Je me forçai à sourire.

— C'était des sottises, Solomon.

Il fut pris d'un spasme et tourna son museau vers la lumière de la fenêtre.

— J'ai aimé aussi, qu'est-ce que tu crois. Chacun de mes attachements ne m'a apporté que disgrâce et confusion. Même le plus lumineux de tous…

Il s'arrêta. Je le vis se souvenir ardemment.

— Quand on aime quelqu'un, on éprouve toujours le contraire pour quelqu'un d'autre. Seul Dieu peut être aimé dans une sainte paix.

J'acquiesçai. Repris la plume.

La tanière était plongée dans un profond silence, plus fort que les bruits du bois. Gioele avait chassé tous les clients et personne ne se hasarda plus à gravir la colline. Quand Solomon s'était endormi, j'allais dans la cuisine. Je me sentais plus mort que vif, dans un espace suspendu ; à l'intérieur de la chambre, le seul corps qui respirait était celui du vieux renard, gigantesque et serein, allongé sur son lit, attendant. Il n'y eut qu'une image pour parvenir à me soulager, très fugacement : celle d'Anja.

Le docteur entra dans la cuisine mais je ne remarquai sa présence que lorsque je l'entendis remuer des plats. Il préparait à manger, l'esprit ailleurs.

— Tu as de la famille ? eus-je l'idée de lui demander.

Il sursauta, pensant sûrement qu'il n'était pas autorisé à me parler.

— Une femme et deux enfants. Nous habitons plus bas, vers les digues.

Je connaissais cet endroit, j'y étais passé avec Gioele. C'était un gros torrent drainé par les castors.

— Ils doivent être inquiets.

— Oui, très. Vous m'avez enlevé en plein milieu de la nuit.

Il baissa les yeux, s'excusant presque.

— C'est la plus belle tanière que j'aie jamais vue, dit-il.

Il me tendit une assiette avec deux œufs et quelques herbes.

— Comment tu t'appelles ? demandai-je.

— Tuck.

Je commençai à manger. Il me regardait en silence, toujours debout, remâchant en lui des mots qu'il n'osait pas laisser sortir.

— Tu peux rentrer chez toi, si tu veux, fis-je pour lui venir en aide.

Le castor sursauta de nouveau, puis il massa nerveusement le pelage au-dessus de sa tête.

— Oh, non, moi… balbutia-t-il. En réalité, j'aimerais rester encore un peu. Je préfère vous aider.

Son museau paraissait sincère, empli de compassion. Je restai interdit, sans savoir quoi répondre. La compassion est une chose rare chez les animaux. Je le fixai quelques instants, perplexe, puis mon regard se posa sur l'assiette plus copieuse qu'il tenait dans sa patte et qu'il destinait à Gioele. Le silence de la tanière me remplit les oreilles ; je me demandai à quoi je ressemblais, si j'avais l'air mort ou vivant.

— Fais comme tu veux, dis-je.

Le castor secoua la tête et sortit de la cuisine, redevenant une ombre qui errait dans la tanière. Je compris que pour être appelé docteur il fallait ressentir cette nécessité : venir en aide aux autres. C'était un sentiment que je n'avais jamais éprouvé, et qui me parut stupide.

— Il faudra que tu m'enterres. Creuse un grand trou et mets-moi dedans.

Solomon m'avait interrompu en pleine rédaction pour me dire qu'il n'avait plus envie. Il m'avait demandé de prendre la parole de Dieu et de relire les passages sur le paradis et les âmes sauvées.

— C'est comme ça que font les hommes. Ils s'enterrent, murmurait-il. Le corps à la terre, l'âme au ciel. Je ne veux pas être dévoré par le premier venu.

J'acquiesçais à tout ce qu'il disait, même quand il se contredisait.

— Je te laisse tous mes trésors. Enterre-les avec moi.

Certains spasmes lui donnaient des convulsions, il serrait ses pattes contre sa poitrine, à l'endroit où la respiration s'étranglait. Crachait du sang puis se léchait le nez, s'en barbouillant jusqu'aux oreilles. Je lui donnais de l'eau mais il ne buvait pas ; nous avions cessé de lui apporter à manger.

— Relis-le-moi encore, encore.

Quand il entendait évoquer son salut, il poussait de profonds soupirs et fermait les yeux, donnant l'illusion du sommeil. Il opinait du chef à la fin de certaines phrases, forçait un sourire, et j'avais alors honte de ma faiblesse, tenaillé par une peur qui semblait glisser sur lui.

Mais j'étais un animal, moi, je ne m'attendais à rien d'autre après la mort.

Gioele ne touchait pas à sa nourriture et passait son temps à fixer le vide, à arpenter la colline sans but.

Je lui annonçai qu'il fallait creuser un trou. Il se contenta de me demander où, puis reprit son errance sans attendre la réponse. Je n'avais pas pensé à un endroit en particulier et Solomon n'avait donné aucune instruction. Je montai sur le rocher au-dessus de la tanière ; Gioele faisait le tour de la colline, à la lisière des bois, s'arrêtant de temps en temps pour regarder autour de lui ; dans le poulailler, je surpris le docteur en train de nourrir les poules, absorbé. Le soleil brûlait les herbes hautes, immobile, sans un souffle de vent. J'observai le pommier qui lançait son ombre autour de lui, chargé de fruits encore verts. Je me rappelai la fois où le vieux renard m'avait demandé, alors qu'il me tenait en laisse, de les faire tous tomber, et songeai à la façon dont une seule pomme avait suffi à ce que Dieu châtie l'homme. C'est là que je décidai de creuser. J'eus du mal à interpeller Gioele : il fallut que je vienne me planter devant lui pour qu'il m'entende. Je lui montrai l'endroit et il se mit à creuser, fougueusement, jusqu'au crépuscule, refusant mon aide dans un grognement. Je restai à le regarder. Le docteur nous apporta à manger mais le chien avait l'air décidé à poursuivre son jeûne. Quand je lui dis que le trou me paraissait suffisant, Gioele nettoya son museau plein de terre et recommença à vagabonder. Il avait fait un beau trou, bien profond, où l'ombre du pommier était allée se poser avec le soleil mourant. Le castor prit l'assiette intacte de Gioele et retourna dans la tanière tandis que je restai quelques instants à regarder ce dernier rôder sans but, déboussolé. Sans doute protégeait-il le vieux renard, comme il l'avait toujours fait. Il le protégeait de la mort, dont il pensait peut-être qu'elle allait surgir de la forêt, tel un étranger ou un client importun.

Cette nuit-là, Solomon me fit avancer sur son texte, mais seulement de quelques pages. Il n'arrivait pas à se concentrer, à corriger les phrases que je réinventais à sa place, et je le vis s'assombrir.

— Ça va comme ça, dit-il dans un râle, avec un sourire contraint. Je m'en remets à toi.

Il me tendit la patte. Je la serrai et le regardai dans les yeux, deux cercles rougis dépourvus de force, les mêmes qui autrefois lançaient des éclairs. J'aperçus encore une petite lueur, un éclair de lucidité qui me fit acquiescer, terrorisé, comme s'il venait encore de me donner un ordre.

— Finis-le pour moi. Mets-y ton Amour, dit-il.

— Bien sûr, Solomon.

— Et brûle l'ancien. Que personne ne sache qui j'ai été.

J'hésitai. Il s'en aperçut et tenta de me serrer plus fort la patte. Son livre racontait une vie extraordinaire, faite de méchanceté, de sang, d'astuces et de ruses. Mon cœur se fendit en entendant cette volonté. Je m'étais attaché à ce récit, il avait coloré mes rêves bien mieux que la parole de Dieu, parce qu'il parlait de nous.

— Fais-le, dit le vieux renard avec un soupir. Ça ne cause que d'un animal, et de ses désirs futiles.

J'acquiesçai. Solomon lâcha ma patte et se mit à regarder par la fenêtre.

— Comme elle est longue, cette nuit. On dirait qu'elle nous veut avec elle pour toujours, misérables et idiots.

Je ne comprenais pas ce qu'il disait. Il laissait régulièrement échapper des mots estropiés, des phrases dépourvues de sens, destinées à personne ; il les prononçait comme s'il s'agissait de vérités solennelles. Un spasme le secoua violemment.

— Apporte-moi la boîte, ordonna-t-il.

Je la plaçai à côté de lui, en l'ouvrant comme je l'avais vu faire. La petite figurine en sortit, répandant le son harmonieux à travers la pièce. Solomon ferma les yeux quelques instants, mais je sentis qu'il retenait sa respiration. Soudain il grimaça, comme si ce son lui était devenu insupportable.

Il rouvrit les yeux, le souffle rapide, les crocs découverts.

— J'ai peur, dit-il.

Il regardait partout autour de lui, tendit la patte pour m'agripper par le pelage.

— J'ai peur, répéta-t-il en pleurant.

Instinctivement, je me détachai de lui ; il

tourna vers moi un museau désespéré, comme si j'étais en train de l'abandonner. Je pris la parole de Dieu et essayai de lire un passage sur le paradis mais le renard se mit à crier, il lança la boîte au loin, fit tomber le livre de mes pattes.

— Non ! Non !

Les larmes glissaient sur son museau, il recommença à cracher du sang. Il essayait de m'atteindre avec ses pattes, je finis par le laisser faire, par le laisser m'entraîner vers lui. Je me mis à pleurer à mon tour, lisant la peur et la douleur dans ses yeux.

— Qu'est-ce que je dois faire ? Qu'est-ce que je dois faire ? demandais-je, la voix étranglée et la morve au nez.

— Je ne veux pas mourir, je t'en supplie !

Le vieux renard toussa fort et cracha du sang puis il enfouit son museau dans ma poitrine, comme pour se cacher.

— Je t'en supplie.

Je sanglotais, sans rien dire.

— Je t'en supplie… reprit-il. Je ne veux pas, ça suffit. Je ne veux pas !

Il détacha son museau de ma poitrine, planta sur moi deux yeux enflammés, pleins de détresse. Il y avait dans ce regard plus de vie que dans celui d'un nouveau-né ; elle se débattait dans ses pupilles, illuminait ses larmes, s'accrochait à tout, n'importe quoi, même la molécule la plus insignifiante, pour pouvoir rester encore quelques instants. Le regard du vieux renard m'aspira à l'intérieur de lui, s'empara de chacun de mes secrets, de chacune de mes émotions, sans rencontrer de résistance ; il me prit et m'emmena là où il allait, peut-être au paradis.

Ensuite, nous nous séparâmes. Les pupilles se vidèrent, les pattes relâchèrent leur prise sur mon pelage, la respiration ralentit.

« Je t'en supplie », dit-il encore, et ce furent ses dernières paroles ; il retomba sur le lit, léger, et ses larmes cessèrent. Le ventre du vieux renard eut un sursaut puis s'abaissa pour ne plus remonter.

Tels furent les derniers instants de Solomon le prêteur.

Il n'était pas parti paisiblement, il n'avait pas réservé ses dernières paroles à Dieu mais à l'être qui se trouvait à côté de lui, et jusqu'au bout il avait gardé l'espoir de se relever, comme un animal. Peut-être est-ce cela, le propre de la mort : on est condamné à l'accueillir enfermé en soi-même, à voir le monde disparaître en même temps qu'on tente de le retenir. Personne ne demande à naître, ni à mourir.

Il avait le regard tourné vers le plafond. Dans ses yeux, derrière la peur, j'entrevoyais un grand calme, très beau. Je m'assis sur la chaise, essuyai mes larmes et restai longtemps en silence. La chandelle à côté de lui s'était entièrement consumée ; la pénombre descendait sur son corps, accompagnée de cette nuit interminable. Je ramassai la parole de Dieu et la rangeai à sa place, avec la boîte qui ne faisait plus de bruit, même ouverte. Un cri étranglé me fit sursauter.

Je me précipitai hors de la tanière et aperçus Gioele en train de se jeter sur quelqu'un. Quand je le rejoignis, il eut l'air de vouloir m'attaquer aussi, puis se retint, m'ayant reconnu. Sous lui gisait le corps du castor, la gorge tranchée, tenant encore dans sa patte un bouquet d'herbes qu'il avait dû aller cueillir à la hâte en entendant le renard crier. Le chien l'avait pris pour un intrus.

Le castor bougeait encore ; il eut la force de me jeter un dernier regard. Dans un gargouillement sinistre, les yeux exorbités, il laissa tomber les herbes de sa patte pour la porter à sa gorge.

— Elles ne servent plus à rien, lui dis-je.

Je me retournai vers le museau ensanglanté de Gioele.

— Il est mort.

Le chien ne me répondit pas, il reprit simplement son tour, nous laissant seuls. Avec un autre gargouillement, le castor abaissa la patte puis s'éteignit pour de bon.

Je rentrai à la tanière et m'étendis sur mon lit, sans dormir. J'attendis l'arrivée du soleil.

À l'aube, je portai le corps du renard jusqu'à la fosse. Il était si léger qu'il paraissait vide, et je n'eus pas à forcer sur ma mauvaise patte. Gioele avait cessé d'arpenter les environs et se tenait assis à la lisière du bois, me tournant le dos, regardant devant lui. Les oiseaux chantaient à tue-tête.

Je choisis quelques trésors à enterrer avec lui, parce qu'il n'y aurait pas eu la place pour tous.

Je les disposai autour, comme dans sa chambre, et lui au centre, étendu, le regard vers le ciel.

Je revins dans la cuisine et transcrivis la dernière partie de son livre, d'une traite, le modifiant selon sa volonté, le remplissant des paroles de Dieu. Je ne mangeai pas, ne bus pas une goutte d'eau. Je lus jusqu'à la fin, jusqu'au moment où les pages redevenaient blanches. Les derniers mots que Solomon avait écrits racontaient son travail de prêteur sur gages et sa vie sur la colline. Il savait qu'il était vieux, que les aventures étaient finies pour lui et qu'il allait mourir là. La mort s'invitait dans ses rêves et dans ses pensées, l'attendait dans chaque pièce, derrière la porte, raccourcissait l'horizon. Il parlait du paradis, mais suppliait le destin de lui accorder un sursis.

À un moment, je crus mourir moi aussi : mon cœur bondit et vint battre derrière mes yeux. Je laissai tomber ma plume et pressai ma poitrine, recroquevillé sur moi-même. Une subtile terreur s'insinua entre mes oreilles et je me préparai à revivre la scène dont j'avais été témoin la nuit passée. Mais le malaise avait disparu avant même que j'aie fini de formuler cette pensée. La seule conviction qui resta fut celle que mon dernier instant ressemblerait à celui de Solomon. J'allais hurler, moi aussi, et implorer quiconque pourrait être imploré, même Dieu. Étrangement, cette idée ne me plongea pas dans le désespoir ; cela n'aurait pas eu de sens, pas encore. Je recommençai à écrire.

Je finis à la tombée de la nuit, attrapai le nouveau livre ainsi que la parole de Dieu et sortis. Gioele n'avait pas bougé d'un pouce. Un oiseau avait planté son bec dans l'œil du renard et s'envola dès qu'il m'aperçut en emportant son butin. S'il avait su que cet œil appartenait au bandit le plus malin de nos contrées, il ne l'aurait peut-être pas mangé. Le corps de Solomon se trouvait là, borgne, étendu face au ciel. Je plaçai les livres entre ses pattes.

J'appelai Gioele trois fois avant de le voir se retourner. Je criai qu'il fallait déplacer la terre. Le grand chien noir me rejoignit et se figea sur place, comme pétrifié, quand il découvrit le renard. Je me mis à l'enterrer et il m'imita peu après. Le museau de Solomon disparaissait sous la colline, je le voyais pour la dernière fois : je suis sûr que Gioele se disait la même chose. Le vieux renard m'avait appris à lire, écrire, et travailler dur. Il m'avait ouvert les yeux sur le monde et sur notre existence, douloureuse et éphémère. Il m'avait appris à adorer un dieu qui ne nous empêcherait pas de disparaître.

Je dis adieu à mon maître, sans mots ; la terre le reprenait en même temps que ses objets, son nouveau livre dans une patte et la parole de Dieu dans l'autre.

XIII

LES MOTS DISPARUS

Les jours suivants, je me contentai d'accomplir mes devoirs habituels. Je remplis d'eau la cuvette de la cuisine, donnai à manger aux poules, coupai les herbes hautes. Quant au docteur, mort pour avoir éprouvé de la compassion, j'abandonnai son corps parmi les arbres. J'étais désolé pour ses deux enfants et pour sa femme qui allaient se retrouver abandonnés, mais lui seul avait fait le choix de rester. Gioele ne quittait plus le pommier. Vaincu par la fatigue, il avait fini par s'allonger à côté de la tombe du renard, les yeux dans le vide. Quand je compris qu'il était en train de se laisser mourir, j'essayai de le forcer à manger mais il était encore vigoureux et je manquai de me faire trancher la gorge. La colline était plongée dans une torpeur sombre, comme si le soleil l'atteignait moins. Un lapin se risqua jusqu'à la tanière pour demander un échange mais je lui dis que l'activité avait cessé, que le renard était mort. Les clients disparurent.

Je n'aspirais aucunement à avoir plus que le nécessaire. Les trésors ne me plaisaient que parce qu'ils plaisaient à Solomon, et je pris conscience de la façon dont ce renard avait fait en sorte que je m'attache à lui. Un profond sentiment d'inutilité m'ôtait toute force. Je passai une nuit entière dans la cuisine, à regarder sa chaise vide et son vieux livre sur la table, à pleurer et maudire Dieu.

C'est quand j'arrivai à mon lit que j'entendis le bruit. Ce petit murmure régulier, l'instrument de l'homme. Jusqu'alors, je m'étais abandonné à un sommeil amer sans y prêter attention, mais cette fois-ci le tic-tac m'appela à lui. Anja ressurgit des profondeurs engourdies de mes pensées, elle s'arracha à la morsure de la tristesse, brillante comme une étoile. Je la voyais m'attendre devant le Rocher Submergé, toujours aussi belle, au début de l'automne. Je songeai à notre rencontre entre les arbres, à comment elle m'avait regardé avant notre union, et à comment je lui avais promis que je reviendrais.

J'ouvris les yeux et me levai. Ce désir me ressuscita, j'avais envie d'avancer. Je me demandai combien de temps nous séparait encore de l'automne. Et si Biko n'avait pas vu arriver un nouveau prétendant, ou Derry, ou quelque autre mâle fort et décidé. J'allais devoir me battre, risquer ma peau, mais je n'avais pas peur. L'obscurité abandonna la chambre, le soleil émergea. Je sentis mon cœur battre plus fort.

Je finis de cueillir le raisin, j'allai chercher des œufs dans le poulailler et je préparai un bon repas pour Gioele. Encore allongé à côté de la fosse, le chien ne remarqua ma présence que lorsque je fus tout près de lui.

— Mange ou tu vas mourir, lançai-je.

Il ne répondit pas ni ne donna l'impression de m'avoir entendu ; je déposai l'assiette devant lui et rentrai dans la tanière. Le soleil l'enveloppait, impitoyable, tandis que je l'observais par la fenêtre de la cuisine, une tache de couleur répandue sur le sol. Il lui fallait remplacer Solomon par une nouvelle raison de vivre.

La nuit venue, je pris une gamelle contenant un mélange d'eau et de jus de raisin et sortis. Gioele dormait. J'arrivai derrière lui le plus silencieusement possible, lui attrapai la tête et la tirai en arrière ; je versai aussitôt le contenu de la gamelle dans sa gueule ouverte. Le chien toussa mais en avala tout de même un peu. Avant qu'il puisse se retourner pour me mordre, j'avais battu en retraite. Gioele me reconnut dès qu'il se leva. Il toussa encore quelques fois, puis se rassit. Je retournai dans la cuisine pour l'observer. Heureusement, il ne vomit pas : j'avais gagné un peu de temps.

Je ne renouvelai pas l'expérience. Gioele se tenait désormais sur le qui-vive, les oreilles constamment dressées. Je continuais à poser une assiette près de lui dès que je l'entendais grogner, mais la récupérais toujours pleine. Le reste du temps, je travaillais avec zèle, me forçant même à des efforts superflus ; j'apportais l'eau à la cuisine en empruntant le chemin le plus long et commençais déjà à ramasser du bois pour l'hiver. J'espérais ainsi m'aguerrir en vue du combat pour Anja. Gioele, qui me suivait du regard, devait se demander ce que je manigançais. Les mouches, abattues par la chaleur, se posaient sur les plaies de son nez. Quand elles l'incommodaient, Gioele se contentait de secouer la tête sans les chasser vraiment.

Le petit chuchotis tintait allègrement sur la table de la cuisine. Je me plongeais dans le livre du renard, dans toutes ces aventures qui illustraient combien il était agile, jeune, combien il savait se défendre même quand il n'était pas le plus fort. Il avait combattu des animaux énormes et s'en était sorti sans une égratignure, les avait tués grâce à l'astuce et la ruse. Quand il était en position de faiblesse, il finissait toujours par trouver une voie, il avait une intuition, comme si quelqu'un la lui avait susurrée à l'oreille. J'espérais qu'il m'arriverait la même chose. En attendant, je serrais le chuchotis dans ma patte. L'espace d'un instant, je vis le renard apparaître sur sa chaise face à la cheminée, enroulé dans une couverture. Il me regardait, fouillait à l'intérieur de moi.

— *L'amour est pour les imbéciles*, dit-il.

Je poussai un long soupir, posai le chuchotis et m'apprêtais à refermer le livre quand mes yeux tombèrent sur la première page. En bas sur le côté, figuraient, marqués de son sang, les premiers mots jamais écrits par le renard, maladroitement recopiés depuis la parole de Dieu. J'avais lu cette phrase un nombre incalculable de fois mais elle continuait de me bouleverser.

Dieu dit : « Que la lumière soit ! » Et la lumière fut.

« Tu n'as pas peur de mourir, Gioele ? » hurlai-je au chien immobile, étendu à son endroit habituel, tandis que je remontais la colline en portant quatre seaux d'eau. À mi-chemin, je ressentis un élancement douloureux à la patte et m'écroulai par terre. J'avais trop chargé la barque. Je me relevai, contemplai les seaux renversés. M'affaissai de nouveau dès que j'essayais de les ramasser. Le grand chien noir gardait les yeux fermés, respirant la gueule ouverte. J'avais le souffle court, moi aussi, à cause de la douleur.

Gioele était toujours aussi beau. Son regard glissa rapidement sur moi, vers le ciel et les arbres, ignorant les mouches. Il n'avait pas peur et je me surpris à l'envier de là où je me trouvais, affalé dans l'herbe quelques mètres plus bas. Ensuite, je me sentis très seul.

Ma patte me faisant mal, je ne sortis plus que pour donner à manger aux poules. Il semblait peu probable qu'un boiteux l'emporte face à un mâle en parfaite santé, et cette pensée commença à me miner. Les ombres de la cuisine se transformaient en fouines au poil hérissé, le museau de Biko se reflétait dans ma gamelle d'eau. Le petit chuchotis m'empêchait de dormir. Je commençai à imaginer qu'il rythmait la vie de Gioele, et non plus l'arrivée de l'automne – cette vie qui s'échappait de ses quatre pattes sans que je parvienne à la retenir. Mais je refusais que Gioele meure simplement parce qu'il l'avait décidé.

L'inaction me rendait nerveux. Toute la tanière bruissait encore de Solomon, me donnant l'impression qu'il était juste sorti regarder le coucher de soleil. La tablette affichant la liste des clients était à sa place habituelle, la plume sur le côté. Dans un coin de l'entrée, au-dessus des sacs de provisions, sa couverture gisait. Les odeurs n'avaient pas changé, et chaque pièce m'imposait de fugaces visions dans lesquelles se répétaient des moments déjà vécus. Mon estomac se contractait, une pointe de douleur transperçait mon museau, frappé par une patte invisible. J'étais si oppressé que je décidai de faire mienne notre tanière. Quand j'arrivai à la chambre de Solomon, pourtant, je me figeai sur le seuil, saisi de la peur soudaine qu'il me découvre fouillant dans ses affaires.

« Sors de là, poil de cul ! » eus-je l'impression d'entendre. Toucher à ses trésors me demanda beaucoup de courage : ils se refusaient à mes pattes, menaçaient de se briser, de se jeter au sol, comme s'ils n'avaient pas reconnu leur maître. Ou alors était-ce moi qui me sentais indigne d'eux et les imaginais lourds, massifs, uniquement faits pour les mains d'un homme.

Je songeai à les jeter, mais j'en fus incapable. Je les empilai dans un coin de la pièce, d'où ils continuèrent d'observer l'intrus que j'étais. Je me résolus à défaire le lit de Solomon. Son odeur avait disparu, mais son sang était encore là. Sous la paillasse où il posait sa tête, je trouvai un tas de feuilles réunies sans logique apparente. En les feuilletant, je m'aperçus qu'il s'agissait des parties manquantes du premier livre de Solomon. Je m'assis sur le lit et commençai à lire. C'était des épisodes dont il ne m'avait pas parlé. Le vieux renard avait voulu oublier ces histoires, se les cacher à lui-même et les cacher à Dieu. J'avais sous les yeux ses pires secrets. Solomon avait mis le feu à un bois, et il avait tué son seul amour.

Il écrivait aussi qu'il avait abandonné sa bande de malfrats quand il avait rencontré Dieu. Il disait avoir découvert un trésor, un butin dont la valeur était bien supérieure à de la simple nourriture, et rapportait qu'un certain Gilles, l'un de ses anciens compagnons, avait essayé de le lui soutirer en montant les autres contre lui.

Solomon erra pendant deux semaines, jusqu'au jour où il fit la connaissance d'une chienne qui vivait dans une famille d'humains, avec des enfants. Elle s'appelait Ljuba et venait de donner naissance à un chiot. Comme les enfants humains apprenaient à lire et à écrire, la chienne aussi avait acquis quelques rudiments, qu'elle refusait de confier au renard.

Alors, Solomon enleva le chiot en plein milieu de la nuit et força la chienne à lui transmettre son savoir, afin qu'il puisse découvrir ce que contenait son trésor. Il cacha le chiot pendant deux mois, donnant rendez-vous à Ljuba dans un autre endroit, insensible à ses glapissements. Solomon lui ordonnait d'assister aux leçons des enfants, d'en apprendre toujours plus, et de lui communiquer l'intégralité de ses nouvelles connaissances. À l'issue de leurs rencontres, il lui aspirait les mamelles et recrachait le lait dans une gamelle pour nourrir le chiot. Le renard écrivait qu'il n'avait jamais reçu autant de haine en un regard.

Finalement, il disparut dès qu'il fut capable de lire et d'écrire, et garda le petit avec lui. Il l'appela Gioele.

Un frisson me parcourut l'échine et je dressai les oreilles. Je poursuivis ma lecture.

Solomon s'était attaché à Gioele. Il lui apprit à se mouvoir dans le bois, à combattre, à renifler les odeurs. Ils voyagèrent longtemps : Solomon était convaincu d'avoir ses anciens compagnons à ses trousses. Il s'était enfui en emportant une chose qui leur appartenait à tous. Pendant ce temps, le chiot grandit pour devenir ce grand chien noir qui se languissait à présent par terre, à côté de la tombe de son ravisseur, aussi lié à lui que la chair à l'os. Mais c'était cela, la force de Solomon ; bien qu'il nous ait attirés à lui par la violence, il avait fait de nous ce que nous étions. Nous étions à lui, et il était à nous. Je compris la souffrance de Gioele, et une larme mouilla la page que j'étais en train de lire.

Nos vies auraient été différentes sans lui, peut-être meilleures ; mais je reste convaincu que nous devions rencontrer Solomon, que Dieu l'avait voulu. Le chien, pour une raison, moi pour une autre.

Je finis par tomber sur une page qui parlait de moi. Le renard écrivait que je lui rappelais l'homme parce que j'avais un regard qui comprenait. Que j'étais son trésor le plus précieux, que j'étais comme lui.

Je restai longtemps silencieux, le sourire aux lèvres. Solomon n'avait rien écrit d'autre, son livre s'arrêtait là.

J'allai trouver Gioele, une assiette dans une patte, les pages dans l'autre. Je m'approchai. Le chien grogna mais ne parvint pas à me faire fuir.

— Tu ne viens pas d'un nid de guêpes, dis-je en déposant l'assiette.

Le chien grogna plus fort, montra les crocs.

— Solomon t'a menti.

— Qu'est-ce que tu veux dire ?

Enfin, j'entendais sa voix. Je lui montrai les pages.

— Ça, ce sont des mots. Ils appartiennent au papier et ils y restent. Ici, ta vraie histoire est racontée. D'où tu viens et qui tu es.

Gioele se leva.

— Tu n'es pas né d'un nid de guêpes. Tu as une mère, et je sais où elle est.

— Dis-le moi, fit-il.

Je lui montrai l'assiette.

— Mange.

Le chien me dévisagea un long moment, flairant le piège. Dans ses yeux, je discernais maintenant une lueur de curiosité, le sursaut de résistance d'une vie qu'il s'évertuait à chasser hors de son corps. Il s'avança vers moi, je reculai prestement. Puis il toucha son assiette en continuant à me fixer.

— Tu dis vrai ? demanda-t-il.

— Oui, aussi vrai que Dieu est vrai.

Gioele tituba. Je gardai le silence. Il prit la gamelle et la lança au loin, risquant de tomber, puis revint s'allonger sous le pommier. Je rentrai.

Tandis que je préparais le dîner, j'entendis battre la porte de la cuisine. Je vis le chien dans l'entrée, appuyé contre le chambranle, la gueule ouverte. Même diminué, Gioele continuait de paraître beaucoup trop grand pour la tanière. Je m'enfuis dans la direction opposée, me blottis contre un mur. Gioele déglutit péniblement puis il se traîna jusqu'à la table, où il s'assit. Sa tête retombait sur ses pattes, il n'arrivait pas à tenir droit.

— Tu veux manger ?

Avec un mouvement las de la tête, Gioele répondit que oui. Puis il avala quelques bouchées sans appétit.

— Raconte-moi l'histoire, murmura-t-il.

— Tu dois manger, répondis-je à voix basse en baissant les oreilles.

— J'ai mangé. Raconte-moi l'histoire.

Il était pendu à mes lèvres, me lançait des regards désespérés, sa tête gigantesque peinant à soutenir son corps famélique. Je m'approchai de la fenêtre ; s'il essayait de m'attaquer, je prendrais la fuite. Mais le chien suivait mes mouvements sans bouger.

— Tu dois manger encore, si tu veux que je te raconte, insistai-je.

Le silence qui suivit raidit chacun de mes muscles, j'étais prêt à bondir par la fenêtre. Gioele se leva et me tourna le dos, il caracola hors de la cuisine pour retourner au pommier, à la tombe de son maître.

Le lendemain, il apparut pour le déjeuner, pour le dîner, et fit de même les jours d'après. Il ne me posa plus de questions. Il mangeait et retournait à l'arbre. J'appréciais sa compagnie, même si nous restions en silence sans nous regarder. Gioele mangeait vite. Dès qu'il se levait, je me tendais. Mais une histoire nous liait, celle que je devais encore lui conter. Je suis sûr qu'il aurait préféré me tuer plutôt que devoir s'asseoir à table avec moi. Ce n'était plus le chien avec lequel j'avais voyagé tant de fois. Il était maintenu en vie par une promesse et attendait que je le libère, bouchée après bouchée, ainsi la chair revint-elle loger autour de ses os et le petit chuchotis se remit-il à chanter le début de l'automne. J'avais gagné, Dieu n'avait pas repris Gioele, et cela me revigorait. La nuit, je rêvais d'Anja.

— Je veux qu'on passe un marché, Gioele.

Je prononçai cette phrase pendant le dîner.

Gioele me scruta. Il était redevenu robuste. Il arrêta de mâcher.

— J'ai mangé, raconte-moi l'histoire.

Il fit glisser l'assiette devant lui, encore à moitié pleine. Je baissai les oreilles.

— Pas encore.

Gioele montra les crocs et se cabra. J'essayai de contenir ma peur en avalant une bouchée.

— J'ai mangé, raconte-moi, grogna-t-il.

Je m'éclaircis la voix.

— D'abord, je veux te proposer un marché, dis-je.

— Et si je te tuais, plutôt ?

Tout son corps était braqué vers moi, prêt à s'élancer, à me sauter à la gorge. Je commençai à glisser de ma chaise, lentement.

— Si tu me tues, tu ne sauras rien, les morts ne parlent pas. Et tu ne pourras pas lire ce qui est écrit.

Gioele ne répondit pas. Il s'était approché, mon cœur battait si fort qu'il semblait sur le point de jaillir hors de ma poitrine.

— Solomon ne serait pas content.

Gioele s'arrêta. Je vis ses yeux s'éteindre, me traverser pour aller se poser plus loin. Un frisson agita son pelage. La chaise du renard était dans son coin habituel, près de la cheminée. Le chien me regarda. Il avait encore les crocs sortis, mais son museau était recouvert désormais d'un masque de douleur.

— Qu'est-ce que tu veux ? demanda-t-il.

— Un service.

XIV

LE DUEL, L'ADIEU

Quand les premières feuilles commencèrent à tomber, je partis pour le Rocher Submergé : de nouveau, je me lançais à la poursuite d'une femelle. Je pensai à Louise. L'image de ma sœur étendue dans la neige m'apparut encore nette, chargée de douleur, une épine jamais ôtée. Je me convainquis que cette fois, la fin serait différente. J'arrivai à la tanière de Sasha le Grand en fin de journée. Le poulailler était terminé mais il n'y avait aucune poule ; peut-être les avaient-ils mangées quand ils avaient compris qu'elles ne donneraient jamais d'œufs. La silhouette d'Hector se détacha de l'arbre. Il me scruta sévèrement.

— Tu es venu, dit-il.

— Je l'avais promis.

— Je n'y croyais pas.

Il était évident qu'Hector n'avait aucune estime pour moi, petite fouine boiteuse assez arrogante pour se croire en mesure de remporter la main de sa sœur. J'allais forcément devoir affronter un mâle fort, en meilleure santé, prêt à tuer. Hector descendit à l'entrée de la tanière et appela son père. Peu de temps après, je me retrouvai face à la masse imposante de Sasha le Grand. Anja était avec lui. Son museau s'illumina, ravissant. Puis elle s'assombrit.

— Tu es revenu pour ma fille, le boiteux ? demanda la vieille fouine.

— Oui.

Je vis Anja se raidir, craindre pour moi. Sasha grogna.

— Alors il faut que tu attendes Biko. Il est parti chasser.

C'était donc lui qui était resté. J'ignore pourquoi, mais je me mis à penser à Mathias ; à l'expression sur son museau quand j'étais entré dans la tanière de ma mère et qu'il occupait ma place, parfaitement à l'aise depuis qu'il en avait chassé mes frères. Ce fut une image fugace, qui me remplit de rage. Nous attendîmes un peu, jusqu'à ce que le soleil semble sur le point de se coucher. J'en profitai pour me remettre du voyage sous le regard torve de Sasha qui grignotait des grains de raisin.

— Tes poules ne donnaient pas d'œufs, dit-il avec un mauvais sourire.

— Je sais.

La grande fouine me cracha au museau un pépin de raisin.

— Si tu n'étais pas sur le point de mourir, je te tuerais moi-même.

Je ne répondis rien. Je vis Anja murmurer quelque chose à l'oreille d'Hector.

Les arbres immobiles s'unissaient à notre silence ; une feuille tombait de temps à autre, luttant contre l'air avant de se poser dans un bruit sourd. J'étais assis sur le coin de terrain dépourvu d'herbe, à côté des grosses racines apparentes, et je respirais calmement. Sasha aussi s'était assis. Il continuait à me fixer avec dégoût, le plus tranquillement du monde, se délectant de mon appréhension. Ses enfants se tenaient serrés les uns contre les autres, à côté de leur père. Les oiseaux chantaient à mi-voix.

Biko surgit d'entre les arbres, un faisan dans la gueule. À sa vue, je me levai d'un bond. Il s'arrêta, me reconnut. Il avait le poil dressé et la respiration saccadée, les muscles encore tendus par la course ; son pelage sombre laissait apparaître des cicatrices qui dansaient sur sa poitrine au rythme de ses pas. Il serrait le faisan entre ses mâchoires, le tenant par son cou brisé, inerte, les ailes ouvertes. Son odeur arriva jusqu'à mes narines et je frémis d'excitation. C'était une odeur forte et dense qui recouvrait tout le reste, comme si l'oiseau était lui aussi un adversaire à défaire. Je ne reculai pas. Leroy passa devant mes yeux, avec le corbeau qu'il avait chassé, puis Mathias, avec le bibelot de ma mère. Un malaise s'empara de moi, le même que j'éprouvais quand je dormais à côté de mon frère, qui semblait si grand. Puis la rage revint pour me pousser à l'action. Stupéfait, Biko se tourna vers Sasha.

— Ce sale petit éclopé, menteur par-dessus le marché, a l'intention de te mettre au défi, dit ce dernier. Faites vite.

Bien que pleine de mépris, cette phrase me combla d'orgueil. J'étais un prétendant et j'avais le droit de mettre mon rival au défi, même si j'étais plus faible, plus petit, pas effrayant pour un sou. À présent, je me percevais comme un vrai animal, avec crocs et griffes.

Biko laissa tomber le faisan.

— Allons ailleurs, lui dis-je.

— Ah non ! Je veux te voir crever ici, petit merdeux ! Je veux ta tête entre mes pattes, cria Sasha.

Biko s'ébroua.

— Va-t'en, siffla-t-il. Si tu tiens à ta vie.

Je ne bougeai pas d'un pouce. J'empêchai la peur de me faire trembler, la ravalant au fond de mon estomac.

— Allons ailleurs, répétai-je.

— Oui, éloignez-vous, interrompit Anja à la surprise générale. Je ne veux pas vous voir.

Sasha lança un regard interrogateur à sa fille, laquelle s'était mise à fixer Biko d'un air si implorant que le jeune mâle, esquissant une révérence, se tourna vers moi.

— D'accord, allons-y.

Sasha rit et dit « Adieu ».

« Adieu », répondîmes-nous en chœur, convaincus l'un comme l'autre de ne pas être concernés par ce salut.

Biko ouvrit la voie et je le suivis devant l'étang. La lumière du crépuscule glissait sur l'eau pour venir se poser sur le rivage. Un couple d'oiseaux s'envola en nous entendant arriver. Le silence régnait. Les ombres des arbres s'étaient retirées, comme pour nous permettre de mieux nous voir, de nous étudier. Biko était immobile. Il m'avait tourné le dos pendant tout le trajet, sûr de lui, ne m'adressant que de brefs coups d'œil moins inquiets qu'étonnés. Moi, je peinais à le suivre, ma patte m'élançait mais je ne le perdis jamais de vue.

Maintenant que nous étions face à face, museau contre museau, sur la berge de l'étang, la stupeur de Biko avait encore augmenté. Il ne s'attendait pas à ce que je le suive jusqu'ici, il n'aurait jamais imaginé m'avoir comme dernier adversaire, moi, frêle créature osant défier un être de sa stature au bord de l'eau, tandis que le soleil se couchait et que les feuilles tombaient des arbres. Nous n'éprouvions aucune haine l'un envers l'autre, nous voulions simplement la même chose, et il était normal de s'entretuer pour cela. Je vis naître en Biko une expression inconnue. La lueur qui brillait dans ses yeux sembla s'éteindre. Il avait pitié de moi.

— Va-t'en, sauve ta peau, me dit-il. Il y aura d'autres étés.

C'est alors que je m'enflammai : le regard embrasé, les pattes raidies, le torse bombé, les oreilles rabattues.

— L'été est fini, répondis-je. Et je n'aurai pas besoin d'un autre.

À ce moment-là, Biko m'imita : il baissa les oreilles et commença à me tourner autour. Je ne cédais pas, ne donnais aucun signe de vouloir battre en retraite. Au contraire, je montrais les crocs, sans pour autant passer à l'attaque. Biko s'approchait en continuant à tourner, changeant de sens, cherchant à me désorienter. Mais je n'avais pas peur, et cela le troublait. Jusqu'au moment où je trébuchai. Il fut sur moi en un éclair. Ma stratégie avait fonctionné : je l'entendis hurler de douleur tandis que ses crocs se détachaient de mon cou. Il m'avait transpercé la peau à divers endroits, mais les blessures étaient superficielles. Gioele avait bondi hors de sa cachette après nous avoir suivis et il lui avait tranché la gorge en un coup de mâchoire. Alors que mon pouls s'apaisait, je me fis la réflexion qu'il n'existait pas de mort plus douce.

Soudain, Hector sortit d'un buisson. Il contempla la scène, surveillé de près par Gioele qui s'était mis à grogner mais que j'arrêtai.

Le frère d'Anja me fit un signe de la tête puis il disparut entre les troncs. En tirant fort, le chien arracha la tête de Biko du reste de son corps.

— Sasha en a demandé une, dit-il.

Je revins avec le trophée et le jetai au pied de la grande fouine. Ce dernier me dévisagea, aussi épouvanté que face à un loup. Anja resta impassible.

— Menteur, c'est une ruse ! tonna-t-il en se tenant à distance.

— Je l'ai vu, dit Hector, sans rien ajouter.

La tête de Biko continuait à perdre du sang, gueule ouverte et langue pendante. Anja vint se poster à côté de moi.

— Reviens ici, ordonna son père, mais elle l'ignora.

Hector n'avait pas bougé.

— Allons-nous-en, dis-je.

Sasha regarda longuement sa fille, sonda son âme et comprit qu'elle m'avait déjà choisi. Son museau se teinta de mépris.

— Petite sotte. Prends-la avec toi, je ne veux plus vous voir. À vous deux, vous n'allez pas faire long feu.

Sur ces mots, il tourna les talons et se retira dans sa tanière. Le soleil avait laissé une longue traînée rouge, comme la tête de Biko. Hector vint dire adieu à sa sœur.

— Merci, dit-elle, et il plissa les yeux, baissa la tête pour venir rencontrer la sienne.

Avec moi, il demeura intraitable, me scrutant des pieds à la tête, cherchant à savoir ce que j'avais dans le ventre.

— J'espère que ce chien te protégera toujours, dit-il.

J'acquiesçai.

Gioele nous attendait non loin, il nous chargea tous les deux sur sa croupe. Anja me regardait comme si j'étais la promesse d'un heureux foyer.

— Qu'est-ce que tu as sur le museau ?

Elle indiqua l'endroit, près de mon nez, où le poil ne poussait plus. C'était l'assiette que Solomon m'avait jetée à la figure avant son malaise. Cela faisait plusieurs jours que je n'avais pas pensé à lui.

— Rien, répondis-je.

Elle posa la tête contre ma poitrine. Dans la nuit, nous rentrions ensemble. J'avais tenu ma promesse, et je me sentais vivant, de nouveau.

Anja passa la nuit éveillée, comme toutes les fouines. Elle s'enquit de Solomon et je répondis qu'il était mort, sans entrer dans les détails. Je lui fis faire le tour de la tanière, puis je la conduisis au-dessus du rocher de Gioele, et lui expliquai que notre territoire s'étendait aussi loin que poussait l'herbe. Elle était très heureuse, elle souriait avec la bouche et les yeux. Je pense qu'elle n'avait pas la moindre idée de ce que signifiait la richesse. Moi, si, je l'avais appris, et je savais que j'étais riche. Le renard m'avait laissé beaucoup : je n'avais pas besoin d'aller chasser, de prendre des risques, d'endurer la faim et la soif. J'avais assez pour nourrir mes enfants et mes petits-enfants, j'aurais pu fonder une famille nombreuse, reprendre l'activité de prêt sur gages, donner des leçons, apprendre à lire et à écrire. Rêvant à tout cela, je me couchai après avoir demandé pardon à ma compagne : je vivais la journée et j'étais fatigué. Je m'endormis aussitôt. Je ne me souviens pas d'avoir jamais connu sommeil plus insouciant.

Le lendemain matin, Gioele m'attendait à côté du pommier : le moment était venu de lui retourner la faveur. Anja était encore réveillée, elle me vit prendre le livre de Solomon.

— Qu'est-ce que c'est ? demanda-t-elle.

Mon premier réflexe fut de cacher le livre. Puis je le lui montrai, sans l'ouvrir.

— Des mots, dis-je en souriant.

Elle comprit qu'elle ne devait pas en demander plus. Les jours suivants, je découvris qu'Anja était capable de lire dans mes pensées. Elle ne m'accompagna pas lorsque j'allai trouver Gioele, elle avait deviné que je voulais être seul.

Je rejoignis le chien. Sur la tombe de Solomon, l'herbe avait déjà commencé à pousser et la terre avait durci. Le grand chien noir se tenait assis, le regard baissé, dans l'expectative. J'ouvris le livre et lui lus l'histoire. Il écouta en silence, sans jamais relever la tête. À la fin de la dernière phrase, il se redressa brusquement, me faisant sursauter, et tourna vers moi deux yeux humides. Je ne l'avais jamais vu pleurer. Ce devait être une première pour lui aussi, car il faisait des grimaces apeurées en clignant des yeux à chaque larme.

— C'est où, cet endroit ?

Dans son écrit le renard ne donnait aucune

information. Les jours précédant notre départ pour le Rocher Submergé, j'avais réfléchi à ce que j'allais dire. J'aurais préféré ne pas duper Gioele mais c'était le seul moyen d'empêcher qu'il me tue en découvrant que je ne savais pas.

— Solomon m'a parlé d'une tanière au pied d'une colline boisée, commençai-je. Il a dit qu'elle se trouvait au-delà des montagnes, là où les trois rivières se séparent.

J'indiquai les montagnes au loin. Le chien regarda sans cesser de pleurer.

— Il n'a rien écrit d'autre, je suis désolé, conclus-je.

Gioele s'effondra, il sanglota, baissa la tête jusqu'à ce que son front touche la terre à l'endroit où nous avions enterré le renard. Puis il se releva, regarda les montagnes et se mit en route sans un au revoir.

Anja me rejoignit tandis qu'il disparaissait entre les arbres.

— Il est parti ? demanda-t-elle.

— Oui.

— À cause des mots ?

— Oui.

Je ne revis plus jamais Gioele.

Il partait à la recherche d'un lieu qui n'existait pas, au-delà de mauvaises montagnes, où nulle rivière ne se séparait. Il allait errer toute sa vie, comme un fantôme, accroché à un espoir mensonger, sa seule raison de marcher. Aujourd'hui encore, je vis avec la terreur qu'il rôde quelque part. Qu'il ait compris qu'il avait été condamné à une existence inutile, à essayer de capturer de la fumée. Aujourd'hui encore, je vis avec la terreur d'avoir été plus cruel que Dieu.

XV

LES CHACALS

L'automne amena les premières pluies, rendant les odeurs piquantes et colorant de rouge le feuillage des arbres. La terre était toujours mouillée et le ruisseau avait grossi ; le soleil allongeait les ombres de la fin d'après-midi. Je regardais les hirondelles voler au loin, changer de direction au dernier moment et se séparer en chantant. Je songeai qu'il ne devait pas être facile de migrer à chaque saison. Anja s'habitua à dormir la nuit et à rester éveillée la journée. Tandis que je travaillais, elle s'occupait du ménage et de la cuisine, deux choses que je dus lui apprendre à faire, sa mère s'en étant toujours chargée et sa sœur ayant pris le relais à la mort de cette dernière. Anja était la cadette. C'était son père qui commandait ; tout, dans cette famille, dépendait de son bon vouloir. Aucun de ses enfants n'avait eu une jeunesse heureuse. Anja me faisait ces confidences en cassant maladroitement deux œufs dans une assiette, se forçant à suivre les instructions que je lui avais données, pleine de bonne volonté. À l'intérieur de ses yeux magnifiques, il n'y avait de place que pour mon reflet. Elle m'aimait des oreilles à la queue. Cette émotion la comblait, et me comblait moi aussi. Mon passé ne l'intéressait pas ; tel un vrai animal, elle vivait le présent, et ce présent était le plus beau qu'elle pût vivre. Nous passions des journées enlacés, à écouter tomber la pluie et sentir le premier courant d'air frais qui s'engouffrait par la fenêtre. Elle était toujours en paix, préservée de tout, éternellement poussée vers mon cœur.

— Pourquoi est-ce que tu es venue avec ton frère, ce jour-là ? lui demandai-je un soir.

Nous étions assis devant la cheminée. J'avais beaucoup réfléchi à la question. Si Anja n'avait pas accompagné Hector lorsqu'il était venu acheter des poules, nous ne nous serions jamais rencontrés. Mon interrogation sembla la déconcerter. De toute évidence, j'étais le seul animal à formuler de tels doutes, à me demander « Et si… ? »

Parfois, elle s'enfuyait, me raconta-t-elle. Elle suivait Hector, et ce dernier la laissait faire. Ce jour-là, ils avaient marché jusqu'à la colline de Solomon.

— Tu as toujours boité ? me demanda-t-elle après m'avoir vu plongé dans mes pensées.

Je tournai vers elle un regard vide tandis que m'assaillaient de très vieilles images, lointaines, la vie de quelqu'un d'autre. Je lui dis que j'avais grimpé à un arbre, petit, pour dérober un nid d'oiseaux. Une branche s'était cassée et j'étais tombé par terre. Je cessai de parler ; Anja secoua la tête et enfonça son museau dans ma poitrine. Dans ma tête, l'histoire se poursuivait. Je fixais le feu dans la cheminée et revoyais ma mère, et Leroy, et Otis, Cara, Louise. Je sentais encore ces odeurs originelles, entendais ces bruits si effrayants. Tout était passé. Anja releva la tête et me surprit en train de pleurer.

— Ça ne va pas ? demanda-t-elle.

— Si, je suis fatigué.

Elle ne dit rien, commença à me réchauffer la poitrine. Les flammes s'élevaient en arabesque avant de disparaître, et suivant leur exemple mon cœur aussi, peu à peu, s'apaisa.

Anja était heureuse même quand elle dormait.

Un jour, elle m'annonça qu'elle était enceinte.

J'aperçus une famille de blaireaux au pied de la colline. Ils devaient chercher une tanière car le mâle transportait un gros paquet sur son dos. J'allai à leur rencontre, m'arrêtant à quelques mètres. Quand ils me virent, les deux adultes cachèrent les petits derrière eux mais ne prirent pas la fuite.

— Allez-vous-en ! criai-je. Vous êtes chez moi, ici !

Le mâle eut quelques instants d'hésitation.

— Qui es-tu, le boiteux ?

— Le maître de cette colline. Dégagez !

Le blaireau éclata de rire. Je me rapprochai en montrant les crocs, et la femelle prit la parole.

— Venez, on s'en va.

Le mâle rechargea son paquet sur ses épaules et me jeta un regard noir.

— Prends garde à toi, le boiteux, siffla-t-il. L'hiver arrive.

Ils déguerpirent. Mais le blaireau avait raison : l'automne laissait place à l'hiver, le bois s'agitait, il commençait à ressentir la faim ; je me souvenais à peine de cette sensation.

Un matin, je trouvai la vigne complètement saccagée. Il n'en restait plus rien, pas même les pieds, tout avait été arraché. Puis ce fut le tour des courges ; elles disparurent en une nuit, en même temps qu'une grande partie des poules. Le bruit s'était répandu que Solomon était mort, et que le grand chien noir n'était plus là pour monter la garde. Ma colline était devenue la proie des bandits et des vagabonds à l'affût de nourriture avant l'arrivée de la neige. J'aurais dû m'y attendre.

Solomon n'avait jamais rien perdu, il ramassait tout avant le froid, même si personne ne se serait risqué à lui voler quoi que ce soit. Il savait au jour près le moment où les pommes allaient ramollir et quand moissonner le blé. Il prenait en compte chaque détail, même la faim des autres, raison pour laquelle il ne laissait jamais Gioele trop s'éloigner. Moi, j'étais resté à contempler ma colline, comme si rien n'avait changé. C'était peut-être ça, la différence entre un homme et un animal ; je n'avais pas réfléchi, et j'en payais les conséquences.

Je récoltai les légumes qui restaient et installai les poules dans ma chambre, où nous dormions. J'essayais de mettre à l'abri le maximum, mais chaque matin je me réveillais en constatant un nouveau pillage. On commença même à voler dans la tanière. Anja était très inquiète. Son ventre avait grossi et elle bougeait avec peine, elle ne se déplaçait plus que du lit à la cuisine.

— Qu'est-ce qu'on peut faire ? me demanda-t-elle un soir à table.

Courbé de fatigue, je lui répondis par un faible sourire. Je n'avais aucune parole de réconfort à lui offrir. Mon museau désespéré affola encore plus Anja. Le lendemain matin, je me levai et la vis par la fenêtre, se traînant dans le champ de courges, retournant la terre à la recherche de quelque débris laissé par les bandits. Elle devait être dehors depuis un moment. Il tombait une pluie fine et elle était trempée.

Je quittai aussitôt la tanière. Quand elle me vit, Anja secoua la tête en essayant de masquer sa déception : elle ne tenait que des racines entre les pattes, et tenta à son tour de m'offrir un sourire. Je la pris et la ramenai au lit. Elle était si légère que nous ne risquions pas de tomber.

— Je veux t'aider, murmura-t-elle.

— Laisse-moi faire, répondis-je.

— Tu es fatigué.

Elle chercha à accrocher mon regard, comme si j'étais en train de lui échapper.

— Ne t'attire pas d'ennuis, je t'en supplie.

Je me résolus à veiller la nuit, mais personne ne se montra. Le jour, je n'arrivais pas à dormir, je guettais aux fenêtres, je regardais Anja couchée sur le lit. Quand elle s'en rendait compte, elle m'invitait à la rejoindre, en vain.

Parfois, elle me paraissait étrangère. Je me demandais ce qu'elle faisait ici avec moi, pourquoi elle m'avait choisi. Par amour, sûrement. Cela me rendait heureux, mais j'avais pitié d'elle.

Biko l'aurait mieux protégée. On lui avait appris à se battre. Il était fort et mature. Il serait parti chasser quand la nourriture venait à manquer, il aurait fait fuir les bandits, il aurait triomphé de l'hiver.

— Dors cette nuit, repose-toi.

— Non, il faut qu'ils comprennent que nous sommes ici.

Et je continuais à veiller, sur le rocher de Gioele, sous les nuages et les étoiles.

— Tu vas te rendre malade, me dit-elle un soir tandis que nous mangions.

Elle avait les larmes aux yeux et me tenait tendrement la patte.

— Finis de ramasser ce qu'il faut et ne sors plus.

Je détournai le regard vers un coin de la pièce. Je défendais mon bien. Il n'y a rien de plus juste pour un animal.

Le lendemain soir, j'aperçus la silhouette de trois vauriens. Ils rôdaient autour du pommier, reniflant l'air. Mon poil se dressa, je me levai de table et sortis, ignorant les cris d'Anja. Je les voyais pointer le museau vers le sol. Ils cherchaient la dépouille de Solomon. Je me précipitai sur eux.

— Hors de mon territoire ! hurlai-je.

C'était trois sangliers, jeunes et robustes. Je ne m'arrêtai pas.

— Laissez-le où il est, vauriens !

Les sangliers reculèrent. À ce moment-là seulement, je réalisai qu'ils étaient en train de manger les pommes tombées.

— Qui es-tu, le boiteux ? demandèrent-ils.

— Je m'appelle Archy, et vous êtes sur mon territoire.

Ils rirent. En bondissant par surprise, je parvins à mordre l'oreille du plus proche. Le sanglier poussa un cri puis me traîna sur quelques mètres avant de me plaquer au sol. Les deux autres me chargèrent en même temps, si bien qu'ils se heurtèrent et que je réussis à les éviter. Le premier revint m'asséner un violent coup de tête. Je vis alors Anja descendre de la tanière, se tenant le ventre.

— Ça suffit ! Ça suffit !

Les sangliers sursautèrent, la regardèrent arriver puis s'interrompirent.

— Prenez ce que vous voulez mais ne lui faites pas de mal !

Elle prononça exactement ces mots. Les trois sangliers n'étaient pas des bandits ni des crève-la-faim. Ils étaient assez jeunes pour avoir encore un père et une mère, et une tanière. Le premier d'entre eux, l'oreille sanguinolente, me regarda et dit :

— C'est ton jour de chance, le boiteux.

Ils me laissèrent partir et recommencèrent à se gaver de pommes pourries. Anja se pencha sur moi, m'aida à me relever et nous remontâmes chez nous en nous soutenant mutuellement. Elle me mit au lit. Mes blessures étaient légères, et pourtant j'étais incapable de bouger : les larmes d'Anja étaient pires que le sang.

Si je suis resté en vie ce soir-là, je le dois à cette femelle, et à Dieu ; et je me demande encore s'ils ont eu raison de me sauver.

Le lendemain, je me réveillai avec les mots de Sasha dans les oreilles : *À vous deux, vous n'allez pas faire long feu.* Et je me tordis les pattes en pensant qu'il avait dit vrai. Plus tard, quand Anja m'apporta à manger, je lui demandai si les sangliers avaient creusé. Je préférai ne pas voir l'inquiétude qui froissait son museau.

— Non, ils n'ont pas creusé.

Je lâchai un soupir de soulagement.

— Archy, partons, tu veux bien ?

Je fermai les yeux.

— On a le temps de trouver un autre endroit. On emportera quelques poules, des légumes.

— Qu'est-ce que tu racontes, idiote !

m'écriai-je. Où veux-tu aller comme ça, toi enceinte et moi boiteux ? Qui chassera ?

Elle sursauta, comme si je l'avais frappée, mais finalement son museau s'attendrit.

— Fais-moi confiance. Si on emporte assez de nourriture, on s'en sortira sans trop d'efforts.

Elle était pleine d'espoir, et un instant, je parvins à la croire. Mais j'étais chez moi sur cette colline, où était enterré Solomon.

— Je ne partirai pas, dis-je.

Elle n'insista pas. La tristesse colora son regard.

— Ne sors pas, au moins. Ne va pas te faire tuer.

J'acquiesçai en regardant ailleurs. Nous étions deux êtres stupides tombés stupidement amoureux ; nous nous étions unis pour mourir ensemble. Anja avait été un désir, un élan pour recommencer à vivre après la disparition de Solomon.

— Anja, pourquoi tu m'as voulu ? lui demandai-je dans un filet de voix.

— Parce que tu es fragile. Et délicat. Parce que tu ne me feras jamais de mal.

Elle me serra la patte.

— Et tes yeux parlent au plus profond.

Je continuai à la regarder. Son sourire s'éteignit. Elle se mit à pleurer, m'attira contre elle, et nous pleurâmes ensemble.

On nous vola tout ce que je n'avais pas pu ramasser ; puis le froid arriva, et nous ne vîmes plus personne.

XVI

LES ENFANTS

Anja accoucha avec la neige. Elle donna naissance à deux mâles et deux femelles, qu'elle appela Tess, Jana et Fedor. Elle me laissa le soin de choisir le nom de l'aîné. Voir mes enfants me remplit le cœur et le transperça. Ils s'agitaient sur le lit, les yeux fermés ; ils ne pesaient rien, on aurait dit des bulles d'air. Quand je les prenais, ils restaient la gueule grande ouverte, la mine ébahie et aveugle, ce qui amusait beaucoup Anja.

— Ce sont tes enfants, me disait-elle.

Je faisais oui de la tête, puis je me perdais dans leur contemplation. Je les approchais de mon nez pour sentir leur odeur fragile. Ils semblaient sortis du néant, tels des champignons ; petits corps sans poils que je peinais à reconnaître comme les miens. Ils étaient vivants et en bonne santé, pour l'instant.

— Tu ne les aimes pas ?

Anja les adorait, elle caressait leur tête en cherchant mon regard, elle passait de l'un à l'autre avec la même attention.

— Bien sûr que si.

Le pommier était recouvert de neige, ainsi que la terre en dessous. Le ruisseau avait gelé et je devais descendre plus bas pour remplir les seaux, là où l'eau bougeait encore.

Les poules avaient arrêté de pondre, certaines d'entre elles étaient tombées malades. Les réserves de légumes descendaient à vue d'œil. Dieu me punissait. Il rendait inutiles tous mes efforts, Il me destinait à la souffrance. Levant la tête vers le ciel, je Le maudissais en silence. Pas une fois je ne Lui demandai pourquoi. La neige continuait à tomber, il faisait froid, et j'étais condamné. Quand cette sensation rencontrait le regard rayonnant d'Anja, j'éprouvais une rage forte, vite remplacée par une tristesse opaque, car j'étais le seul à connaître notre fin.

Elle attendait que je prénomme notre aîné. Elle me l'avait mis entre les pattes et nous le regardions tous les deux.

— Quel nom vas-tu lui donner ? Il n'est personne, encore.

— Appelons-le Personne.

Elle me pinça le nez, m'arracha le petit et me lança un regard de reproche.

— J'aime bien, murmura-t-elle.

Je m'enfermai dans le silence. Je passais mes journées dans la chambre de Solomon, à relire son livre. J'ignorais le froid qui mordait sous mon pelage, et j'allumais une chandelle quand il faisait nuit. Vivre ses aventures me sauvait de l'hiver et du destin. J'espérais qu'elles m'éclairent, m'apportent une vérité qui remettrait tout en ordre. Je me demandais ce qu'aurait fait le renard dans ma situation, ce qu'aurait fait un homme. Je lisais des histoires plus sombres que la mienne, résolues grâce à l'ingéniosité, la chance, ou Dieu, s'il était du bon côté. Quand elles m'émouvaient, mes larmes gelaient. J'avais déplacé notre lit dans la cuisine, à côté du feu. Anja n'en bougeait plus. Au début, elle venait m'appeler pour manger, puis elle cessa. Je sortais de la chambre de Solomon au milieu de la nuit, emportant toujours le livre avec moi, et me nourrissais quand les autres dormaient. Les petits restaient collés au ventre de leur mère, blottis les uns contre les autres. Je les imaginais morts, et ne ressentais pas un sursaut, pas un frisson le long de l'échine.

— Tu n'as pas froid, là-bas ?

— Non.

— Tu as le poil hérissé.

Je ne lui répondais pas.

— Les mots te tiennent chaud ?

Quand elle cherchait mon regard ou levait la patte dans ma direction, mon cœur se dérobait ; mon corps, en revanche, restait figé, vide, incapable de rien donner.

Un soir, Anja dit qu'elle partait chasser. J'essayai de l'en dissuader mais elle n'obéit pas et disparut derrière les arbres tandis que le soleil se couchait. Être mère lui donnait de la force, la remplissait d'espérance et de détermination, et je ne le supportais pas. Son amour m'étouffait. Pourtant, loin d'elle je me sentais tout petit. Je ravivai le feu et regagnai la chambre du renard. Peu de temps après j'entendis les petits pleurer, mais je continuai à me perdre dans les mots. Comme ils ne s'arrêtaient pas, je refermai le livre et me levai de ma chaise, m'imaginant déjà les frapper, les réduire au silence. Jana était tombée du lit et pleurait, recroquevillée par terre, sous le regard des autres, penchés au bord. Dès qu'ils me virent, ils se replièrent prestement vers l'autre côté et ne firent plus un bruit. J'observais ma fille qui essayait de se cacher sous le lit et je repensai à la fois où Leroy était tombé. Je pris Jana et, comme ma mère l'avait fait avec lui, la reposai sur le matelas, avec ses frères et sœurs. Nous restâmes un moment à nous fixer. Ils avaient peur de moi, nous ne nous étions jamais retrouvés seuls. Je me mis à les caresser, craignant d'être maladroit, puis m'aperçus qu'ils avaient cessé de trembler.

— Ne pleurez plus, allez.

J'allai chercher le livre dans la chambre de Solomon et revins m'asseoir sur sa chaise, à côté d'eux. Il leur fallut un peu de temps pour s'endormir, ils continuaient à me scruter d'un œil méfiant.

Anja revint le lendemain matin. J'aperçus de l'affection et de l'orgueil dans son regard. Elle était rentrée la gueule vide, mais elle avait essayé, au moins ; rien que pour cela, je savais qu'elle était plus forte que moi. Elle avait le poil ébouriffé et les pattes raidies par les engelures. Enroulé dans la couverture du renard, je la regardai, postée dans l'entrée.

— Je n'ai rien trouvé, dit-elle avec la voix cassée.

C'était un cadavre. Elle ressemblait à Louise.

Elle vint près de moi et s'appuya contre ma poitrine. Je sentis qu'elle était chaude. Nous nous serrâmes fort, puis je m'écartai d'elle. Anja chercha à me retenir encore un peu, elle leva son museau vers moi, mais elle aurait tout aussi bien pu regarder une ombre.

— Je suis désolée, dit-elle.

Elle alla retrouver ses enfants, qui étaient affamés.

Je tuai la dernière poule à la moitié de l'hiver. Les semaines d'après, nous les passâmes à nous rappeler une sensation oubliée : la faim. Comme si j'étais retourné dans le lit de ma mère, à l'époque où j'aurais été capable de manger mes frères, mon estomac commença à se substituer à mon cerveau. La mort ne vint plus m'importuner, je ne fus plus rongé par la culpabilité d'avoir damné une famille entière, et ma famille cessa d'être ma famille. À présent, les petits apprenaient à parler, ils appelaient Anja *maman*, moi, ils ne m'appelaient pas. Elle les allaitait, elle n'abandonnait pas, et elle était ressortie chasser, revenant toujours bredouille.

Une nuit, pendant qu'elle dormait, je pris Personne et l'emmenai dehors avec moi. La faim pousse à ce genre de choses. Elle réduit le monde à un seul besoin. Il n'existe plus ni pitié, ni amour, ni peur, ni douleur, ni honte ; il n'existe plus rien hors de cet élan aveugle qui se nomme survivre, manger. De petits flocons de neige tombaient du ciel et le vent pinçait les os. Personne s'était réveillé. Il avait une tache sous l'œil gauche, un endroit où le poil se raréfiait, et son regard interloqué se perdait dans le mien. Ce minuscule corps entre mes pattes pesait moins qu'une courge, et il me ressemblait. Il se replia sur lui-même, frigorifié. Il essaya de comprendre où il se trouvait, fouillant dans l'obscurité de la nuit, puis commença à s'agiter. Quant à moi, je restais immobile à le contempler, sans penser à rien.

Je ne sentais que le vide dans mon estomac et le gel derrière les oreilles. Personne se mit à pleurer ; il ne voulait pas rester ici, je lui faisais peur, il faisait trop noir.

Je le saisis et l'immobilisai en enfonçant les griffes à l'arrière de son cou, pour qu'il m'offre sa gorge. Ma respiration était rapide, pourtant j'étais serein ; plus rien n'importait.

Le cri d'Anja me réveilla. Je me courbai, tel un voleur pris en flagrant délit. Elle était là, à l'entrée de la tanière, le poil dressé et les yeux grands ouverts. Je restai où j'étais, les oreilles droites. Personne pleurait. Anja s'élança vers moi, m'arracha le petit des pattes, le serra contre elle. Son regard était incrédule mais lucide.

— J'ai faim.

C'est la seule chose que je pus dire. Anja semblait perdue, à présent. Personne était blessé au cou, mais dans le noir, cela ne se voyait pas. Anja s'en rendit compte en reniflant la patte avec laquelle elle lui soutenait la tête et parut retrouver ses esprits. Elle me tourna le dos et rentra vite. Le vent mugissait, emportant ces instants au loin, en même temps que la neige. Le froid me pesait sur les épaules, il fallait que je me réchauffe.

Anja était sur le lit, près du feu, au milieu de sa portée. Elle les recouvrait de son corps, sans même pleurer. Quand elle me vit franchir la porte, elle me lança de nouveau un regard rempli de douleur. Elle poussa les petits derrière elle, sa respiration se gonfla de peur. Nous étions deux ombres dans la cuisine du vieux renard. Lorsque je fis un pas vers elle, Anja montra les crocs.

— Ne m'approche pas, dit-elle.

J'aurais dû la mordre, la plaquer au sol. La tuer. La vérité, c'est que j'étais le seul dans cette pièce à craindre la mort.

J'allai à sa rencontre et elle me frappa le museau.

— Va-t'en ! Sors d'ici !

Les petits crièrent « maman ».

Je lui bloquai les pattes et la serrai contre moi, avec force.

— Il faut qu'on mange, dis-je.

Elle me mordit, et je resserrai mon étreinte jusqu'à ce qu'elle cesse enfin de me repousser.

— C'est bientôt le printemps, poursuivis-je. Le soleil va revenir, les oiseaux. Les fruits vont sortir. On est presque tirés d'affaire.

Elle avait les yeux ouverts mais regardait ailleurs, elle ne m'écoutait même pas. Elle semblait avoir disparu entre mes pattes.

— C'est presque le printemps, répétai-je au moment où parvint jusqu'à moi un son plaintif, à peine perceptible.

Je relâchai ma prise, elle alla s'asseoir sur le lit. Je me sentis soudain joyeux. Elle avait compris, il n'y avait plus besoin d'argumenter ; j'allais manger, et cela me mettait de bonne humeur. Je me penchai vers elle et lui caressai la tête.

— Je t'apprendrai à lire les mots, dis-je. Ils racontent l'histoire d'un bandit, le plus grand qui ait jamais existé.

Tandis que je prononçais cette phrase, un puissant frisson parcourut ma queue, parce que j'étais convaincu que j'allais le faire. J'allais partager avec Anja mon plus grand trésor, et je l'imaginai heureuse, oublieuse de tout le reste. Je lui promettais quelque chose parce que l'espoir de survivre me rendait euphorique.

— Laisse-moi seule, dit-elle.

Je restai immobile. La faim me retenait dans la pièce, je scrutai mes enfants recroquevillés au fond du lit. Anja braqua ses yeux sur moi. Ils étaient vides, comme les miens.

— Laisse-moi seule, je t'en supplie.

Cette fois-ci, c'est elle qui me caressa le museau en esquissant une expression de tendresse. Alors que je quittais la cuisine, je la vis se prendre la tête entre les pattes, et crus que c'était pour se protéger du regard de Dieu. Pourtant elle ne pouvait pas le connaître, et je sais aujourd'hui qu'elle s'abritait de sa propre douleur. Je rejoignis la chambre de Solomon et, le cœur serein, contemplai les mots.

Le lendemain matin, ils avaient disparu. Ils s'étaient échappés par la fenêtre et avaient dévalé la colline enneigée en emportant les couvertures. J'avais été trompé. Le désespoir fit chavirer mon âme, en même temps que la conviction violente que j'allais mourir de faim. Leurs empreintes se brouillaient à l'entrée du bois, sans révéler de direction précise, d'autant qu'il avait recommencé à neiger. J'errai dans le bois en criant leurs noms, jusqu'à ce que des frissons m'agitent. Je fis demi-tour. La neige avait effacé toutes les traces. Ils me manquèrent. Des émotions inconnues ou oubliées affleurèrent soudain. N'ayant pas tué mes enfants, j'étais redevenu leur père, et ne pouvant avoir Anja, je la désirais à nouveau. Je suis certain que si je les avais retrouvés, ce sentiment se serait évanoui dans le néant.

Anja avait sauvé ses enfants de leur père ; elle préférait affronter le froid et tenter de finir l'hiver sans tanière, agrippée à l'espoir de les garder en vie. Une mère n'avait pas d'autre choix. Nous nous étions quittés comme deux bandits, reprenant la route chacun de notre côté.

Elle serrait contre elle le petit Personne, et moi j'embrassais ma misère, ma solitude.

XVII

LES LYNX

Je survécus à l'hiver en m'enfermant dans ma tanière. Étendu sur le lit, près du feu, je délirais sous l'effet de la faim. Je voyais le toit s'ouvrir comme une plaie couleur sang ; j'essayais de mordre dedans en ouvrant grand la gueule et en tendant le cou. Solomon venait me trouver en rêve. Il était furieux, il me reprochait de ne pas avoir détruit le livre. Puis c'était le tour d'Anja, qui me caressait les oreilles en me chuchotant que tout allait bien se passer. Je me réveillais en proie à la terreur pure. Dans la cuisine vide et plongée dans la pénombre, j'attendais la mort. Chaque fois que je fermais les yeux, je pensais que c'était la dernière. Même éveillé, je continuais à rêver : je voyais des couleurs et j'entendais des voix, l'une d'entre elles m'appelait, c'était Louise. Je ne répondais jamais, je ne voulais pas qu'on me trouve. Ma tête était trop fatiguée pour lire, les mots se mélangeaient et je ne maîtrisais plus mon imagination. Je lançai le livre vers le plafond parce qu'un corbeau volait au-dessus de ma tête ; il avait l'œil du renard dans le bec, et il attendait de s'en prendre aux miens. Tout était confus, terne, effrayant. Je parcourais les pièces à la recherche de quelque chose qui ne s'y trouvait pas, fouillant dans les recoins, portant chaque chose à ma bouche. Par moments, mourir m'apparaissait comme un soulagement.

Une nuit, j'entendis des bruits. Très faibles, presque imperceptibles. Je sortis et me rendis au rocher de Gioele où je surpris une famille de rats qui y avait élu domicile. La femelle avait donné naissance à une portée abondante. Ils se défendirent vaillamment ; le père me mordit plusieurs fois avant que je parvienne à lui trancher le ventre. À ce moment-là, la mère essaya de s'enfuir, mais je lui arrachai la tête en un coup de mâchoire. Dans la lutte, pas un mot ne fut prononcé.

Je m'astreignis à les rationner mais les mangeai tout de même intégralement en l'espace de cinq jours. Je tâchai de dormir le plus possible, comme un nouveau-né, pour économiser mes forces. Je ne sus qui remercier de cette pitance inespérée, Dieu ou les rats, ou bien mon ouïe ; peut-être ne devais-je rien à aucun des trois, car le premier m'avait puni, les deuxièmes s'étaient contentés d'être idiots, et la troisième de faire son devoir. Quand je me réveillai, la neige fondait et le soleil brillait.

Les carottes que j'avais plantées après l'échange avec Sasha pointaient à peine hors de la terre. Elles étaient vilaines, petites et tordues ; cela ne me dissuada pas de les récolter et d'en planter de nouvelles. Il était tôt pour les plantes potagères mais la colline renaissait, et les semailles de l'été précédent n'attendaient qu'à être mises en terre. Sans famille, j'allais de l'avant. Je n'avais pas d'autre objectif que celui de vivre, et aucun sentiment à même de me procurer la moindre joie. Il y avait moi, la colline, et Solomon ; tel était mon devoir : prendre soin des trois.

Dès que j'aperçus les premiers rôdeurs, encore engourdis par l'hibernation, je compris que je devais protéger mon territoire. J'y réfléchis quelques jours, puis j'eus une grande idée. Imitant ce que j'avais vu chez l'homme, le jour où nous avions tué la compagne de David, je construisis l'Ombre d'un animal féroce. J'utilisai des morceaux de bois et des cailloux, afin de lui donner une forme massive, et ramassai pour son pelage les plumes de poules éparpillées dans mon ancienne chambre, que je collai grâce à la mixture dont Solomon se servait pour les pages. Je créai une Ombre très grande, autant que celle d'un jeune ours, et la plaçai sur le rocher de Gioele, de sorte que tout le monde la vît. Quand j'eus fini, j'en fus presque effrayé moi-même. Le vent la traversait et elle semblait respirer.

Les jours s'écoulèrent et la chaleur revint ; les insectes se réveillèrent, les oiseaux recommencèrent à chanter, personne ne se hasarda à poser une patte là où l'herbe poussait à nouveau, et j'en fus très satisfait.

Jusqu'à l'été, je passai mon existence de la sorte, à semer des graines, à cueillir des fruits et ramasser des légumes. Le soir, je m'installais à côté du pommier, sur la chaise du vieux renard, et je regardais le soleil disparaître. La nuit j'étais assailli par l'obscurité et par des remords terribles. Le maigre museau d'Anja me scrutait, et les yeux des enfants s'unissaient aux siens. Je rêvais au corps de Personne entre mes pattes, léger comme l'air. J'entendais son cri à elle, effrayant et pourtant pas assez pour me secouer, me remplir d'horreur. Je la voyais se cacher, les pattes sur la tête, mais je ne me voyais pas moi. C'était comme si je n'étais pas là.

Je n'éprouvais nulle culpabilité, plutôt un trouble profond. Je songeai que j'aurais dû l'écrire, laisser ce souvenir sortir de ma tête, comme Solomon quand il avait confessé ses secrets, ou comme moi quand j'avais raconté Louise. Mais dès que le soleil se levait, je reculais. La sensation s'éloignait, j'avais d'autres choses à faire. Je ne prenais pas le temps de me repentir de mes actes ; chaque nuit, les rêves s'en chargeaient à ma place.

J'appris à apprécier la solitude et trouvai la paix auprès de Dieu. Il m'apparut clairement que le monde ne déteste personne, et que s'il est cruel, c'est parce que nous le sommes. La seule erreur de Dieu avait été de nous placer sur Terre. J'eus l'impression d'avoir été absous, et je fis la paix avec ceux qui m'avaient blessé ;

hors de nos têtes, la douleur n'a pas de poids : car au fond, le mal n'existe pas.

Puis ils vinrent.

— Le boiteux ! appelèrent-ils.

J'étais en train de remonter la colline en portant mon seau d'eau, au beau milieu d'un après-midi radieux.

— Le boiteux !

À la lisière du bois se tenait un lynx, la patte en l'air, hésitant entre rester là et s'avancer, les oreilles bien droites, alerte. Il posa son regard sur l'Ombre au-dessus du rocher, puis sur moi. Mon poil se dressa.

— Va-t'en ! criai-je en posant mon seau.

— On veut juste parler, le boiteux !

Dans son dos apparut un autre lynx, encore plus grand, âgé, le regard terrible.

— Je suis avec mon père, qui est vieux et fatigué, poursuivit-il. On voudrait juste te poser quelques questions.

— Je ne sais rien ! hurlai-je. Allez-vous-en !

Les deux lynx hésitèrent. Je vis le vieux murmurer à l'oreille de son fils, qui se remit à me dévisager.

— Qui est-ce, sur le rocher, le boiteux ? demanda-t-il. Ton maître ?

L'ombre nous dominait, tel un ours endormi prêt à sortir de sa torpeur en un bond.

— Je n'ai pas de maître, répondis-je. Et cette bête fait tout ce que je lui demande ! Partez d'ici !

Ils ne partirent pas. Ils restèrent à fixer l'illusion que j'avais créée en essayant de deviner de quel animal il s'agissait. Ils n'étaient pas très intelligents : le plus jeune plissait les yeux pour mieux voir. Le vieux prit alors la parole.

— Nous avons fait un long voyage, dit-il d'une effrayante voix rauque, pour échanger quelques mots avec toi !

Je m'armai de courage et pris une longue inspiration.

— Vous êtes sourds ? Je vous ai dit de partir ! Allez-vous-en ou je vous fais tailler en pièces !

Les deux lynx s'ébrouèrent, puis le plus jeune me tourna le dos.

— D'accord, le boiteux, dit le vieux en me regardant dans les yeux. On s'en va, on s'en va.

Ils disparurent entre les arbres. Je restai immobile quelques instants, convaincu de les voir réapparaître. Quand la terreur m'eut quitté, je repris mon seau et poursuivis mon travail.

— Le boiteux !

Le lendemain, ils étaient de nouveau là, au même endroit que la veille. Le fils devant, le père derrière, braquant alternativement leurs yeux sur moi et sur le sommet du rocher. J'étais en train de récolter du raisin, je me retournai en sursautant, les yeux écarquillés. Le jeune lynx brandit une poule aux pattes liées, qui se mit à battre des ailes au-dessus de ses oreilles. Il me la fit voir sous toutes les coutures, la tendit même en direction de l'illusion.

— Regarde, le boiteux ! C'est pour toi !

J'observai le poulet sans rien dire. Je n'avais pas mangé de viande depuis une éternité. Je ne me souvenais même plus du goût.

— Elle donne des œufs, tu pourras avoir des poussins, continua-t-il. Ce n'est pas un poulailler, ça ?

Il indiqua le poulailler désert.

— À qui est-ce que vous l'avez volée ? tempêtai-je.

Les lynx parurent interloqués.

— À personne… on l'a trouvée !

Ils étaient vraiment stupides. Ils s'adressaient autant au rocher qu'à moi.

— Assez palabré, le boiteux ! dit le vieux d'une voix qui me donna la chair de poule. Tu la veux, cette bestiole, oui ou non ?

J'aurais bien aimé. J'aurais élevé les poussins, repeuplé le poulailler.

— Qu'est-ce que vous voulez ? dis-je.

— La même chose qu'hier, papoter quelques minutes avec toi, répondit le vieux.

Je réfléchis en essayant de mettre mes craintes de côté. La situation était critique, mes sens, en alerte. Il y avait de fortes chances qu'ils aient plutôt dans l'idée de me tuer, comme l'aurait fait n'importe quel animal. Mais la révérence que les deux lynx témoignaient à l'égard de l'Ombre me remplissait de courage. Le néant me protégeait. J'hésitai encore, assez pour qu'ils s'impatientent.

— Alors, le boiteux ?

Je dis que j'étais d'accord. Mais un seul des

deux pouvait monter. Sans un mot, le vieux prit la poule des pattes de son fils qui recula derrière les arbres.

— Tu vois ? dit-il. Je veux juste discuter un peu.

Et il s'avança maladroitement sur le terrain, sans quitter des yeux le rocher. Quand j'estimai qu'il s'approchait de trop près, je l'arrêtai.

— Quoi encore ? grinça-t-il.

Je ne voulais pas qu'il s'aperçoive de quoi était fait mon animal.

— Ici, dehors ? Sous le soleil ? protesta-t-il. Je suis vieux et fatigué, on ne pourrait pas se mettre au frais ?

Je m'accordai quelques instants de réflexion. Je lui dis de ne pas bouger puis me précipitai dans la tanière ; par la fenêtre, je vis qu'il obéissait, les yeux toujours rivés au rocher au-dessus de ma tête. J'avais le cœur qui battait à tout rompre, je m'en voulais d'être aussi idiot. Je traînai une chaise dehors, à l'ombre du pommier où se trouvait déjà celle de Solomon, ainsi qu'une table. Je plaçai les deux chaises le plus loin possible l'une de l'autre et m'écartai. Le vieux lynx s'approcha, s'assit. C'était l'animal le plus effrayant que j'avais jamais vu ; le poil recouvert de cicatrices, la gueule entrouverte, coupée d'un côté, qui lui dessinait un rictus permanent. Ses yeux pâles étaient toujours en mouvement. Un grand frisson me fit trembler les oreilles ; une intuition, surgie du plus profond, qui me figea dans la terreur.

— Allez, viens, dit-il de sa terrible voix. Je ne ferais pas de mal à une mouche, regarde.

Et d'un geste, il s'arracha une dent, jaune et racornie, et la posa sur la table.

— Assieds-toi.

Il me sourit. Avec tout le courage qu'il me restait, je pris place à table.

— Voilà, c'est bien. Nous arrivons de très loin, commença-t-il. J'ai traîné mon fils avec moi, sinon je n'aurais pas eu la force. Il pense que je suis fou, il est bête à manger du foin.

Chacun de ses mots était un son brisé, une décharge de peur qui courait le long de mon échine.

— Je suis vieux et faible. Mais je suis sûr que ce voyage en valait la peine. Je ne saurais même pas dire si l'hiver était là quand nous sommes partis…

Il aperçut sur mon museau la peur que j'essayais en vain de dissimuler.

— Dis-moi un peu, le boiteux, demanda-t-il. Tu as un nom ?

J'acquiesçai.

— Archy.

Je le dis dans un murmure. Le lynx me sourit de nouveau, à sa façon qui le rendait encore plus inquiétant.

— Bien. Moi, je suis Gilles, répondit-il.

Mon cœur s'arrêta. Gilles, le terrible bandit aux trousses de Solomon, qui avait monté contre lui ses anciens compagnons et l'avait contraint à l'exil, était assis en face de moi, avec son museau marqué par le temps.

Le portrait de cet être impitoyable et obtus me revint en mémoire ; ainsi que la peur, transparaissant entre les lignes du livre, qu'il inspirait au renard. Solomon lui prêtait une violence sans bornes ; il le décrivait comme bourré d'instincts déviants, incapable d'aimer, s'amusant à infliger les pires souffrances à son prochain. Combien de passages avais-je lus qui lui étaient consacrés, dans cet amas de pages décousues, tandis que mon maître me demandait d'effacer son nom ; combien de fois avais-je pensé à la façon dont je me serais comporté, si j'avais été le chef de la bande. Et maintenant, je l'avais sous les yeux, encore vivant, aussi effrayant que je me l'étais figuré quand j'avais rêvé à toutes ces histoires. Gilles se fit plus insistant, nerveux, comme s'il avait compris que je savais. Je tentais de disparaître sur ma chaise, plus silencieux que mon propre souffle.

— Tu es ici depuis combien de temps, Archy ? Sur cette colline, je veux dire.

Je déglutis. Son museau était avidement tourné vers moi, prêt à se jeter sur la première parole qui m'échapperait.

— Un certain temps.

Il sourit encore.

— Très bien. Parce que, vois-tu, je cherche un vieillard comme moi, une ruine détruite par le temps, un vrai sac à merde. Ça fait une vie entière que je le cherche.

— Et qui est-ce ? fis-je.

— Un renard. Il s'appelle Solomon. Il a quelque chose qui m'appartient, qu'il m'a volé.

Gilles devint acide. Je compris que la raison qui l'avait mené jusque-là était la même que celle exposée dans le livre de Solomon : il cherchait son trésor, la parole de Dieu, le seul butin qu'il n'avait pas partagé avec les autres. Solomon écrivait que Gilles était obsédé par cet objet, autant que par son rival.

Il n'avait jamais cessé de le chercher. Dans ses yeux je voyais la soif inextinguible, cette folie jamais apaisée qui l'avait fait voyager depuis une contrée lointaine. Mais il n'obtiendrait rien, cette fois non plus.

— Jamais entendu parler de lui, dis-je en essayant de paraître crédible.

Le lynx plissa les yeux, me pénétra de son regard. Il savait que je mentais.

— Et pourtant on m'a dit qu'un renard vivait ici et qu'il s'appelait de cette façon. Imagine un peu, il m'a suffi d'entendre un voyageur parler d'un animal qui faisait des échanges, un certain Solomon, pour que je me décide à venir.

— Ici personne ne fait d'échange, dis-je, mais l'autre feignit de ne pas m'entendre.

— Je n'ai pas réfléchi à deux fois, poursuivit-il de son timbre guttural, même si je me déplace difficilement. J'ai traversé vallées et montagnes à l'aveugle, en continuant à interroger à droite à gauche, et je suis arrivé ici.

Il respira bruyamment, la gueule toujours tordue dans le rictus qu'imposait sa cicatrice.

— Et je sens que c'est le bon endroit.

À ce moment-là, je pris sur moi et me levai

de ma chaise en jetant un regard noir à mon interlocuteur.

— Je ne sais pas de qui tu parles, le vieux, mais j'en ai assez entendu. Tu fais fausse route, ce que tu cherches n'est pas ici !

Impassible, Gilles continua à me sourire.

— Il est ici ? dit-il. Tu le caches ?

— Va-t'en ! Je ne veux plus te parler !

Soudain, tandis que je hurlais ces mots à la figure du lynx, une brise légère fit balancer les branches du pommier et anima le corps de l'Ombre qui laissa alors échapper un gémissement sonore. Le lynx baissa les oreilles.

— Va-t'en ! répétai-je.

Gilles se leva avec un petit grognement. Puis il m'adressa un regard à la fois enragé et euphorique. Il lança la poule sur la table.

— Ton poulet, le boiteux, dit-il avant de faire quelques pas en arrière, les yeux rivés sur le rocher.

Il fit volte-face et retourna dans le bois.

L'ombre fonctionnait, assurément. Je savais qu'ils n'essaieraient pas de me tendre un piège. Mais je savais aussi que les deux lynx allaient rester dans les parages, et cela m'inquiétait. Je passai le reste de la journée à essayer de me remettre de mes émotions, de cette incroyable rencontre hors du temps. J'étais incapable de travailler. Le plus absurde était que pendant toute notre discussion, ce que Gilles cherchait se trouvait juste sous ses pattes. Solomon en aurait ri : une vie entière passée à courir après son rival, et il passait à côté le moment venu ! Je me demandai avec quelle force il fallait désirer quelque chose pour se lancer à la poursuite d'un rêve ou d'un souvenir, comme le lynx. Je découvris que c'était en réalité très facile ; je pensai à Gioele, et à Anja, et à moi.

J'ignore comment il y parvint…

Ce n'était pas la première fois qu'il en avait le cran, et la stupidité ; j'avais déjà lu de quoi il était capable. Il faut, pour accomplir de tels gestes, se tenir loin de la raison, de tout instinct, être privé d'âme. Les malheureux de cette espèce ont le monde pour ennemi et eux-mêmes comme adversaire.

Je me réveillai en pleine nuit, piqué par une forte odeur âcre. De la lumière entrait par ma fenêtre, roussâtre, et un instant je crus que c'était le matin. Puis j'entendis le bruit, et les cris, et le froissement constant des branches. Je me levai et allai voir. Autour de moi, la forêt brûlait ; des langues de feu géantes illuminaient la colline aussi sûrement que le jour et s'avançaient sur le pré. Les arbres balançaient leur feuillage enflammé, hurlaient à travers le bois et se recroquevillaient sur eux-mêmes, crépitant des pieds à la tête. La lumière s'étendait à perte de vue tandis que le ciel s'obscurcissait et laissait tomber des flocons incandescents emportés par le vent.

Je me précipitai hors de la tanière, asphyxié. Des animaux de toutes sortes arrivaient de partout, cherchant à s'échapper en se frayant un passage entre les flammes. Et là, se repaissant du massacre à la lisière des bois, je reconnus les deux lynx. Le plus jeune semblait agité, Gilles était stoïque.

— Brûle, Solomon ! Brûle ! criait-il. Sors d'ici !

Le pommier s'embrasa en un rien de temps, s'agenouillant lui aussi devant la chaleur. L'été, la nature n'attend que ça.

— Le boiteux ! Le boiteux ! hurla-t-il à mon intention. Dis-moi où il est ! Fais-le sortir !

Je l'ignorai. Mes yeux gonflés de larmes et de fumée voyaient le feu dévorer la colline, emportant tout sur son passage. L'Ombre fut assaillie par les étincelles, puis par une petite flamme, et Gilles s'en aperçut, comme moi. Il hurla de joie et envoya son fils à mes trousses.

— Tue ! Tue !

Je me traînai en rampant jusqu'au sommet du rocher et j'essayai d'éteindre mon illusion. Le jeune lynx courut vers moi, sautant entre les flammes, les oreilles baissées, effrayé mais décidé à obéir aux ordres de son père. Je ne parvins pas à éteindre le pelage de plumes et faillis mettre feu au mien. Le jeune commit l'erreur d'arriver par l'endroit où il m'avait vu monter. Il me sauta dessus : je poussai l'ombre de toutes mes forces, me brûlant au passage, et la fis tomber sur mon assaillant. Il fut emporté par un mur de bois et de pierre, et de plumes enflammées. L'avalanche l'écrasa au sol ; je l'entendis hurler. Il se débattait, se contorsionnait, mais seule sa tête émergeait du maelström. Quand son poil prit feu, les cris se transformèrent en une succession de grognements de douleur. Je descendis le rocher à la hâte. Indifférent au sort de son fils, l'écume aux babines, Gilles fondait sur moi. J'aurais dû m'échapper mais encore une fois je ne pouvais pas. Je disparus dans la tanière.

— Où est-il ? Où est-il ?

Gilles m'avait suivi, je l'entendais remuer dans l'entrée. La fumée s'épaississait et je fus obligé de tousser. Je repérai l'ombre courbée du vieux qui se dirigeait vers la chambre du renard. Malgré les ténèbres, il me vit lui aussi, alors que je prenais la fuite par la fenêtre, le livre de Solomon entre les pattes. D'un bond, il se précipita vers moi.

— Donne-le-moi ! dit-il.

Les pupilles du lynx, braquées sur le livre, avaient la même couleur que le feu. Il m'attrapa avec une patte, me ferrant au cou, mais ne réussit pas à m'attraper.

— Bâtard ! cria-t-il.

Je dévalai la colline.

— Le boiteux ! Le boiteux ! hurla-t-il.

J'arrivai au ruisseau, sautai dedans en tenant le livre au-dessus de ma tête, me laissant porter par le courant.

— Donne-moi le trésor, il est à moi !

Gilles était tout près. Même trempé, je continuais à souffrir de la chaleur, je perdais des poils, tous mes membres fourmillaient. L'eau reflétait l'horreur : il pleuvait des flèches enflammées, des morceaux de branche incandescents ; les arbres se brisaient puis s'écroulaient en une explosion d'étincelles. Moi je fuyais Gilles, mais les autres habitants du bois fuyaient l'incendie, paniqués. La puanteur de viande brûlée remplissait tout.

— Le boiteux ! criait le vieux, de plus en plus fort.

Au bout de quelques mètres, la rivière se jetait dans un torrent beaucoup plus grand et dont les berges étaient déjà léchées par les flammes. Je m'arrêtai d'un coup. Le courant était fort, et la cascade impossible à franchir. Des désespérés s'y essayaient et ne réapparaissaient plus. Je rejoignis le rivage et repris ma fuite, accompagné par les feulements incessants du lynx. Je l'avais un peu distancé mais il était toujours derrière moi, infatigable, la langue sortie. Un peuplier énorme était penché au-dessus du torrent, accessible en un saut. L'arbre était en flammes mais on pouvait encore grimper sur une partie du tronc. Abandonnant toute peur, je me lançai contre l'écorce et commençai à monter, le livre entre les mâchoires.

— Viens ici, bâtard !

Gilles m'avait rejoint, je l'entendais griffer le bois. D'un coup de patte, il m'attrapa la queue et la tira avec force. Je lançai un cri de douleur étouffé par le livre.

— Descends, merdeux !

À ce moment-là, je me laissai faire et atterris sur le museau du lynx, l'aveuglant de mon postérieur. Gilles lâcha prise et glissa un peu, tandis que je restai bien accroché et recommençai aussitôt à monter.

— Tu es mort ! Tu es mort !

J'atteignis la branche suspendue au-dessus du précipice. Très loin sous mes pieds, le torrent rugissait. Alors que je m'apprêtais à sauter, la branche se pencha soudainement et se mit à trembler. J'interrompis ma course à un cheveu du vide, de cette eau qui bouillonnait, impétueuse et sombre. Gilles était proche. Les flammes illuminaient son regard de forcené, son museau effrayant, ce rictus permanent dessiné sur ses lèvres.

La branche s'inclina encore. J'ôtai le livre de ma gueule.

— Reste où tu es ! lui intimai-je, en vain.

— Donne-moi le trésor.

J'entendais la branche craquer sous notre poids, prête à céder.

— Arrête, imbécile, on va mourir ! hurlai-je.

Gilles éclata de rire. Il se pencha en avant, allongeant la patte d'un air avide, amusé par ma peur.

— Je ne meurs pas, moi, dit-il.

Alors qu'il essayait de m'atteindre, la branche céda. J'eus le temps de lire la stupeur dans son regard et, dans le vide, il étendit tout son corps pour attraper son trésor, ne parvenant qu'à l'effleurer. Puis nous tombâmes tous les deux dans les flots noirs.

Les rapides me secouèrent en tous sens. Je tenais encore le livre, essayant coûte que coûte de ne pas le lâcher, ce qui rendait encore plus difficile de rester à la surface. Je ne voyais rien, j'étais sans cesse poussé contre les rochers, puis aspiré tête en bas en de violentes culbutes. Je bus la tasse et crus ne jamais pouvoir reprendre mon souffle. Mais un gros tronc qui barrait le courant me sauva la vie. Je m'y agrippai d'une patte et y plantai mes griffes ; il se retourna lorsque j'essayai de m'y hisser. Je tentai à nouveau, en implorant Dieu, cette fois-ci, réunissant toute ma stupide existence dans cet unique effort désespéré, criant mon envie de vivre. Je réussis. Je m'arrimai solidement au bois et dévalai les rapides jusqu'à ce que le courant s'apaise. Je crachai de l'eau, toussai à m'en décrocher les poumons. La nuit était revenue. J'avançai encore, bercé par le fleuve, jusqu'à atteindre l'une de ses rives. J'étais sauvé, j'avais dépassé les flammes.

Je rendis grâce à Dieu, et m'écroulai de sommeil.

XVIII

KLAUS

Ainsi s'achevait mon histoire sur la colline de Solomon. Gilles avait détruit le bois et il était mort noyé, sans avoir retrouvé le renard, sans son trésor. Ainsi prenait fin sous mes yeux une aventure qui avait duré bien longtemps, une vie entière. Peut-être était-il déjà écrit que je devais y prendre part, bien que Dieu ne perde pas son temps avec les aventures d'un animal. Quoi qu'il en soit, vainqueurs ou perdants, ils étaient morts, à présent, et les montagnes et les fleuves, toujours à la même place.

Quant à moi, j'avais encore à vivre la dernière partie de mon existence.

Je me réveillai dans une tanière, étendu sur un lit. La lumière du soleil entrait par la fenêtre, et j'entendais au loin le bruit de l'eau. Il régnait dans la pièce une odeur très forte. Dès que la torpeur du sommeil m'abandonna, je fus sur le qui-vive, les yeux grands ouverts. J'essayai de me lever mais m'écroulai lamentablement, perclus de vives douleurs au thorax et aux pattes. J'avais le pelage brûlé en de nombreux endroits, des coupures et des blessures. Je m'agrippai à la table de chevet pour me mettre debout et retombai en renversant le meuble. Mon cœur battait à tout rompre, m'ordonnant de fuir. J'entendis des pas, lents et traînants ; je retins mon souffle. Le gros museau d'un porc-épic apparut dans l'entrée. Après un temps qui me sembla interminable, il se décida à venir vers moi, puis s'arrêta prudemment à une distance respectueuse. Il était énorme et empestait. Les épines sur son dos vibraient légèrement en accompagnant sa respiration.

— Tu es réveillé, dit-il.

Je ne répondis pas. Il se pencha sur moi pour m'aider à me relever, mais hésita au dernier moment.

— Tu ne vas pas me mordre, si ?

Je fis non de la tête, il me remit sur le lit.

— Tu es médecin ? lui demandai-je, la voix rauque.

— Non, fit-il. Pas que je sache.

— Où suis-je ?

— Dans ma tanière. Tu as dormi deux jours d'affilée.

Le porc-épic s'absenta quelques instants, revint avec de l'eau.

— Le bois a brûlé et tout le monde a paniqué. Je passais à côté du fleuve quand je t'ai trouvé. J'ai cru que tu étais mort.

Il m'aida à boire et je finis toute l'écuelle.

Il avait deux yeux curieux, calmes mais inquisiteurs. Sa moustache sursautait nerveusement quand il gardait la bouche fermée.

— Que veux-tu de moi ? lui demandai-je d'un ton sec.

— Je ne sais pas. Rien. Tu étais mal en point, et je t'ai ramené ici.

— Alors tu es médecin.

— Non.

Il posa l'écuelle sur la table de chevet.

— Tu as une famille ? Une tanière ? demanda-t-il.

Comme je ne répondais pas, il changea de sujet.

— Tu avais quelque chose avec toi.

Le livre de Solomon. Je mis une patte sur ma poitrine, mais il n'était pas là. Je me maudis de ne pas avoir su le protéger.

— Où est-il ? gémis-je, en proie à l'agitation.

Le porc-épic m'observa, décryptant chaque détail de mon changement d'humeur.

— Là-bas.

Il sortit de la pièce et revint avec le livre. Me le tendit.

Il était en piteux état, trempé, mais encore entier. Je l'ouvris. On pouvait encore décoller les pages, et la plupart des mots étaient lisibles. J'eus les larmes aux yeux. Le livre de Solomon était la seule chose qui restait de ma vie, de mes souvenirs vécus ou imaginés. Le porc-épic continuait à me fixer.

— Qu'est-ce que c'est ? demanda-t-il.

— Ce sont des mots, murmurai-je.

— Des mots ?

— Oui, des mots.

Je sanglotai, et ma tête retomba sur le lit. Mon sauveur comprit que je n'allais pas lui en dire beaucoup plus sur le sujet.

— Comment tu t'appelles ? me demanda-t-il finalement.

— Archy.

Le porc-épic ramassa l'écuelle.

— Repose-toi, Archy, dit-il. Moi, c'est Klaus.

Klaus était curieux. Quand il m'apportait à boire et à manger, il essayait toujours de me soutirer une information sur ma personne, même le fait le plus insignifiant. Parfois, je répondais, parfois, non ; quand c'était moi qui posais les questions, en revanche, il n'hésitait pas à satisfaire mes interrogations, avec beaucoup de gentillesse.

Il n'avait pourtant pas grand-chose à raconter, c'était un individu très solitaire, qui n'avait ni enfants ni compagne, et n'avait sans doute jamais connu de femelle. Il s'occupait de son potager et allait chercher l'eau au fleuve, rien de plus. Klaus parlait volontiers avec les êtres qu'il croisait dans le voisinage, même s'ils étaient rares à oser s'approcher de lui, à cause de ses épines. Je compris très vite que sa solitude n'était pas un choix, et qu'il en souffrait d'une manière résignée, secrète.

Il me rassura sur mon état de santé. M'annonça

que j'avais une côte cassée, peut-être deux, mais que j'allais me remettre. Klaus ne mangeait que des légumes, il m'en servait à moi aussi mais ne tarda pas à intercepter certaines de mes grimaces.

— Attrapons des poules, lança-t-il une fois.

— Où ça ?

— Je ne sais pas. Quelque part.

— Mais tu ne manges pas de poules, objectai-je.

— Toi, si.

Je poussai un long soupir.

— Les poules ne te serviront à rien quand j'irai mieux, dis-je.

Il ne répondit pas, s'assombrit. Puis me laissa seul, emportant avec lui son odeur puissante.

Certaines nuits, les souvenirs s'insinuaient dans mon sommeil. Il m'arrivait de rêver d'Anja. Je passais de longs moments, au réveil, à me demander si elle était encore en vie, si elle s'en était sortie. D'autres nuits, Solomon m'apparaissait, il parlait mais je n'entendais aucun son. Puis le museau de Gilles se substituait au sien, il allongeait le cou et les pattes dans ma direction tandis que nous tombions dans le vide. J'ouvrais les yeux le souffle court, les côtes douloureuses d'avoir respiré aussi fort. Je cherchais aussitôt le livre. Il était là. Il était toujours à côté de moi.

Klaus tentait régulièrement de me faire parler du livre, malgré ma réticence.

— Comment peut-il y avoir des mots à l'intérieur ? On ne les entend pas, dit-il un jour.

— On les voit, répondis-je.

Il opina du chef, émerveillé, presque plus intéressé par moi que par ce que je disais. Parfois, surtout lorsqu'il sentait que je n'avais pas envie de parler, il se contentait de me regarder attentivement. Quand il commençait à m'importuner, il le comprenait tout seul et quittait la pièce.

Je ne voulais pas être ingrat. Il m'avait sauvé la vie, je lui devais de continuer à respirer.

Un jour, il m'installa dehors sur une chaise. Il habitait sous un saule aux longues branches encore luxuriantes malgré la fin de l'été qui s'annonçait. Tout autour s'étendaient des champs d'herbes hautes parsemés d'arbres, et le fleuve coulait non loin. Le soleil brillait et l'ombre était fraîche. En face de moi, la grosse tache de l'incendie et les squelettes du bois noircissaient la colline. Mon cœur cessa de battre un instant, et je restai immobile à contempler ce spectacle, étouffé par la tristesse.

— Elle était là-bas, ta tanière ? demanda Klaus.

— Oui, répondis-je.

— Je me sens comme ce bois, dit-il.

Je me tournai vers lui.

— Comment ça ?

— Désolé. Abandonné.

Il continuait de fixer les restes de l'incendie.

— Je ne connais ni l'amour ni la compagnie. Peut-être les ai-je déjà croisés sans avoir su les reconnaître, peut-être est-ce moi qui les ai repoussés. Et pourtant, je les ai toujours recherchés. Bizarre, non ?

— Pas bizarre du tout, non, répondis-je. Tu as seulement peur.

Il parut secoué par mes mots, qui étaient pourtant sortis tout seuls, sans que j'y aie réfléchi. Il les prit comme une vérité incontestable. Klaus n'attendait peut-être que cela : que quelqu'un, n'importe qui, lui indique une voie, bonne ou mauvaise. Ou bien avait-il vraiment peur. Peur de sortir de lui-même, de ses propres désirs. Les caractères comme le sien ne me plaisaient pas. Des esprits étriqués, toujours prompts à se raccrocher à quelqu'un, à quelque chose. Solomon n'aurait fait qu'une bouchée de Klaus, j'en étais convaincu.

Mes forces revinrent, j'étais guéri. C'était le début de l'automne. Je remerciai Klaus d'avoir pris soin de moi puis je sortis de la tanière armé du livre.

— Tu t'en vas, me dit-il en me suivant timidement.

Il avait le museau triste, rempli de mots qu'il ne savait pas exprimer.

— Oui, répondis-je.

— Attends, dit-il.

Il se précipita à l'intérieur en faisant vibrer ses épines. Je l'entendis farfouiller puis il revint avec un petit paquetage.

— J'ai mis de la nourriture, ça te servira.

Je pris le sac et l'accrochai à mon cou, remerciai à nouveau mon bienfaiteur.

— Adieu, Archy.

— Adieu.

Je laissai mes pattes me guider. Traversai des champs, sautai par-dessus des fossés asséchés. Je remarquai que des forêts poussaient au loin, sur les montagnes à l'horizon. Je m'arrêtai. Une grande paix m'entourait, elle écrasait mon besoin d'avancer, elle le rendait absurde en me le mettant sous le nez. Je me demandai où j'allais, et pourquoi. Je commençais à me faire vieux, et je n'avais ni endroit à atteindre ni mission à accomplir. Ma curiosité pour les montagnes reflua, venant se blottir en moi-même, docile. Je m'assis et respirai profondément, regardai le livre. Je me demandai combien de temps encore j'allais pouvoir continuer à le protéger, à mettre ma vie en danger pour le garder à l'abri. Je pensai au porc-épic, à sa tanière, à ses manières aimables. Le vent balayait l'herbe, la faisant bruire doucement. De la même façon, il caressait mon cœur.

Le museau de Klaus s'illumina quand il me vit devant sa tanière.

— Qu'est-ce qui se passe ? demanda-t-il.

— Je reste, si je peux.

Le porc-épic me fit un grand sourire et m'invita à l'intérieur, puis je le vis s'arracher quelques épines sous l'effet de la joie. L'une d'elles roula jusqu'à mes pattes et je la ramassai ; elle était dure et effilée, la meilleure plume qu'on puisse imaginer. Je la soupesai. Elle s'empoignait à la perfection. Klaus me regardait, incrédule. Je lui mis le livre sous les yeux.

— Tu veux que je t'apprenne les mots ? lui demandai-je.

— C'est toi qui décides, Archy.

Il avait répondu sans écouter la question.

— Non, tu dois le vouloir, toi, insistai-je sévèrement.

Klaus s'ébroua, et je vis la curiosité animer ses yeux.

— Je le veux, dit-il.

XIX

LE RESTE DE MA VIE

Et ainsi m'arrêtai-je ici, d'où j'écris à présent, et la tanière du porc-épic devint-elle aussi la mienne. Je m'occupais du potager, je plantais de nouveaux légumes en échangeant des graines, j'allais puiser l'eau du fleuve tous les matins. Je m'habituai à l'odeur de mon ami, au point de ne presque plus la sentir. Dans les alentours vivaient plusieurs familles, suffisamment éloignées les unes des autres pour garantir la tranquillité. Aucune d'entre elles ne mangeait d'autres animaux. Il n'y avait pas de bandits, et les vagabonds étaient rares. Ce coin niché dans un méandre du fleuve était appelé *Eaucalme*, et je songeai qu'il n'aurait pas pu être mieux nommé. Un an passa. Je découvris que Klaus était tout sauf stupide. Après quelques tâtonnements, il me devint facile de lui apprendre à lire et à écrire. Je ne lui parlai jamais de Dieu, ni de la mort ; je décidai d'épargner son existence des grands dilemmes qui avaient tourmenté la mienne, de le laisser mener une vie d'animal.

Dieu aurait préféré cela ; Klaus faisait ce pour quoi il avait été créé. Nous lûmes ensemble le livre de Solomon, hormis quelques passages que j'eus la présence d'esprit d'ôter parce qu'ils évoquaient des choses que le porc-épic ne devait pas savoir. Klaus s'attacha beaucoup au personnage de mon vieux maître, en même temps que je le vis se prendre d'une affection grandissante à mon égard, laquelle se muait parfois en adoration aveugle. Il me demanda souvent si cette histoire n'était pas la mienne, racontée à travers un nom d'emprunt ; je lui répondais par la négative, et je repensais au renard. Mon histoire était autre, j'étais le seul à la connaître. Par moments, je sentais grossir le besoin de la raconter, de tout dire, et cependant je remettais toujours cette tâche à plus tard.

J'appris à Klaus à créer des pages, à les relier entre elles, à les enduire d'une mixture qui les rendait résistantes. Je lui fis voir comment extraire une encre qui résiste au temps. C'était un élève exemplaire, et je savais qu'il continuerait à faire des progrès. Il m'écoutait attentivement, m'obéissait en tout point ; s'il se trompait, il ne s'énervait pas, et moi non plus. Klaus, qui s'était toujours soigné seul, connaissait les propriétés des herbes et de l'ail. Je lui demandai de transposer sa science sur le papier, si bien que ce fut lui, finalement, qui m'enseigna des choses.

À la tombée du jour, je sortais une chaise et contemplais le bois brûlé. Klaus avait compris qu'il devait me laisser des moments de solitude ;

il en profitait pour faire un tour du côté du fleuve.

Un jour, il revint avec un chat qui se planta devant moi sans crainte.

— C'est toi qui dessines les mots ? dit-il.

Je me raidis et j'écarquillai les yeux. Klaus m'observait, rempli d'orgueil.

— Non, répondis-je.

Le chat parut surpris.

— Bien sûr que c'est toi, insista-t-il. Il n'y a pas d'autre fouine dans les parages. Tu vis avec le porc-épic, pas vrai ?

Je bondis de ma chaise et fus sur lui en un éclair, avant même la fin de sa phrase. Je le mordis à une patte et lui assénai deux coups sur le museau. Le chat hurla de douleur, zigzagua un instant puis disparut entre les herbes hautes.

— Hors de ma vue ! hurlai-je.

Klaus était stupéfait. En m'approchant de lui, je le vis rapetisser, lui qui faisait deux fois ma taille.

— Tu es débile ou quoi ? lui demandai-je.

— Qu'est-ce que j'ai fait ?

— Tu as parlé du livre ?

— Oui, ça m'est arrivé.

Il prononça ces mots d'une voix servile et remplie d'appréhension. Je levai une patte, comme pour l'atteindre ; il se recroquevilla sur lui-même avec un gémissement, me piquant de ses épines sans le vouloir. Je ne le frappai pas.

— Ne recommence pas, lançai-je à la place.

Je n'eus pas besoin de le redire. Deux jours

plus tard, Klaus m'apporta deux poules. Il les avait échangées contre des sacs de légumes.

— Pour me faire pardonner, dit-il. Elles font des œufs.

Je répondis par un grognement, mais j'étais très content.

Un soir, le porc-épic ne revint pas d'une de ses promenades et disparut pendant plusieurs jours. Au début, je ne m'inquiétai pas outre mesure. Je pus m'adonner à mes activités quotidiennes sans l'avoir constamment sur le dos, ni ses questions pressantes ni son odeur, et cela fut loin de me déplaire. Mais le temps passa et je commençai à craindre qu'il se soit perdu. Au moment où j'allais partir à sa recherche, mon ami réapparut. Heureux, presque étourdi, et sentant encore plus fort que d'habitude. Comme il avait l'air en pleine forme, je ne lui posai aucune question. Mais ce fut lui qui tint à me raconter, me pourchassant d'une pièce à l'autre. Il avait rencontré une femelle, loin, en suivant le cours du fleuve. Il l'avait surprise tandis qu'elle prenait son bain ; elle avait eu si peur qu'elle avait failli se noyer. Il s'était jeté à l'eau pour la sauver, elle s'était accrochée à lui et ne l'avait pas lâché, même quand ils eurent atteint le rivage. Ils étaient restés ainsi, à sécher, sans rien se dire, car l'amour n'a pas besoin de mots.

— C'est une belle histoire, dis-je.

Après quoi je me rembrunis : j'avais envie d'être seul.

Toute la journée, Klaus me laissa tranquille, mais il revint le soir pour m'annoncer que le repas était prêt. Ce fut un dîner silencieux. Quand nous eûmes fini de manger, mon ami déclara :

— Tu es mon maître, et rien ne pourra changer cela, dit-il.

Moi, je repensais aux mots de Solomon. *L'amour est pour les imbéciles.*

— Aime-la, amène-la ici, répondis-je.

Elle s'appelait Elena et sentait aussi fort que lui. Elle me prit aussitôt en grippe, du reste je ne fis rien pour me rapprocher d'elle. Je la trouvais stupide et ordinaire. J'étais sûr que Klaus n'avait pas mentionné ma présence quand il l'avait fait venir, ce qui expliquait en partie son mécontentement. Le porc-épic espérait sans doute que nous nous liions d'amitié, afin de n'avoir à renoncer à aucun de nous deux. Il fit tout son possible pour l'attendrir, en vain ; Elena se mit à me haïr, ne supportant pas notre complicité. Elle nous espionnait pendant nos leçons, souffrait de nos regards de connivence. Souvent, j'étais obligé de cacher le livre, de fermer la porte de ma chambre, de chasser la femelle curieuse à grand renfort de jurons. Elena avait horreur de me voir manger de la viande et aller et venir librement dans la tanière. Je sentais peser sur moi son regard soupçonneux, contre lequel les paroles rassurantes de Klaus ne pouvaient rien.

— Je n'ai pas confiance, dit-elle un soir.

Ils discutaient au lit avant de s'endormir. Je les entendis depuis l'entrée, où je m'étais assis pour regarder par la fenêtre.

— Il est dangereux.

Klaus bredouillait que, oui, j'étais colérique, mais que je ne ferais de mal à personne. Il disait cela d'une voix lasse, pâteuse de sommeil, en serrant sans doute sa femelle contre lui. Je les imaginais ainsi ; l'un à côté de l'autre, museau contre museau, les yeux fermés. Mon cœur s'adoucit quelques instants. Puis l'image d'Anja se substitua à la leur, Anja allongée dans le lit près du feu, et je me dépêchai de penser à autre chose.

— Il est dangereux. Il te fait faire des choses bizarres, c'est une fouine.

Au beau milieu de la nuit, Elena se leva et me trouva devant la fenêtre. Elle prit peur, elle s'arcbouta en faisant tinter ses épines, manquant de faire tomber la lanterne qu'elle tenait à la patte.

— Qu'est-ce que tu fais là ?

— Je n'ai pas sommeil, répondis-je.

Elle attendit. Mon regard passait à travers elle, comme si elle n'existait pas.

— Qui es-tu ? demanda-t-elle.

Je remarquai que sa haine était mêlée d'inquiétude et qu'elle se laissait guider par son instinct.

— Je suis ce que tu vois, fis-je.

Cela ne lui suffit pas. Je la vis froncer le museau. Quand elle s'aperçut que je tenais le livre entre les pattes, ses yeux devinrent mauvais.

— D'où viens-tu, et ça, qu'est-ce que c'est ?

Ses tentatives d'intimidation ne m'atteignaient pas, elles glissaient sur mon museau sans entrer dans mes oreilles. Ce n'était pas un grand chien noir prêt à me sauter à la gueule, ni un vieux renard enclin à user de son bâton si je lui désobéissais, et je n'étais d'ailleurs plus la petite fouine d'autrefois. Mon indifférence la vexa. Elena était habituée à Klaus, à son soutien sans faille.

— Je viens de très loin, et ça, c'est à moi.

Je me retournai vers la fenêtre, lui tournant le dos. Elle garda le silence un instant, puis grogna.

— Il n'y a rien à toi, ici, chuchota-t-elle en prenant garde à ne se faire entendre que de moi.

Ce fut la dernière fois que la compagne de Klaus s'intéressa à moi. La dernière fois qu'elle m'offrit l'occasion de dissiper ses peurs. Dès lors, ses yeux se teintèrent de haine pour toujours, et les miens continuèrent de l'ignorer. Même si je ne lui avais accordé aucun crédit, une certitude me transperça : si elle se hasardait à toucher le livre de Solomon, je la tuerais. Je tuerais Klaus aussi, si nécessaire.

Quand Elena donna naissance à trois petits, je décidai que le moment était venu pour moi de partir. Elle se montrait de plus en plus nerveuse et irascible envers Klaus, qui s'évertuait à nous faire cohabiter. Mais mon ami semblait très éprouvé. Il soupirait sans cesse et avait perdu la joie de me raconter les choses. Il ne pouvait venir me voir dans ma chambre sans crainte de représailles.

— Tu es père, maintenant, criait-elle. Il n'a pas le droit de t'enlever à nous.

Un jour, pendant l'une de nos entrevues devant le livre, je dis à mon élève qu'il pouvait arrêter quand il le souhaitait. Klaus sursauta, comme si je l'avais gravement offensé.

— Fais-le pour Elena, lui dis-je. Et pour tes enfants.

Le porc-épic me regarda, moi, puis le livre.

— Non, je ne veux pas. Apprends-moi.

Il avait les yeux brillants.

— Apprends-moi.

Cela me rendit heureux.

Elena gardait les enfants dans leur chambre, elle ne les laissait jamais sortir. Je n'avais le droit ni de les voir ni de les toucher. Je les entendais parfois pleurer derrière la porte, avec leurs petites voix. Ils étaient sages, ne passaient jamais de temps seuls, ne se plaignaient pas de la faim.

— C'est ta tanière, tu dois faire quelque chose.

— Pourquoi ?

— Parce qu'il est fou. Et dangereux. Ne le vois-tu pas ?

Chaque nuit, Elena parlait à Klaus. Dans les brefs silences qui précédaient ses réponses, je percevais la difficulté de mon ami à lui tenir tête.

— Il ne nous a rien fait.

— Pour le moment. Tu ne le connais pas, tu ne sais pas qui il est, ni d'où il vient. Mais tu t'enfermes quand même dans une chambre avec lui, pour faire je ne sais quoi.

— Oui.

J'entendais Elena s'agiter, elle se déplaçait doucement dans le lit pour ne pas réveiller les petits.

— Qu'est-ce que vous y faites ?

— Des choses.

C'était elle, à présent, qui gardait le silence, le scrutant peut-être dans le noir de ses deux yeux furieux.

En peu de temps, cette porte fermée commença à me tourmenter. Les pleurs des petits me remuaient, et je les cherchais du regard, en vain. Je me rappelais mes enfants, et l'hiver, et Anja. Ces pensées ne me quittaient pas, elles étaient comme des blocs de pierre trop lourds à déplacer. Dans mes rêves, je m'échappais de la tanière de Solomon en flammes tandis que les petits hurlaient à l'intérieur, Personne se penchait à la fenêtre et me regardait. Un matin, je dis à Klaus que j'étais trop fatigué pour lui faire la leçon. Ce fut la première d'une succession de journées mélancoliques. Je restais assis sous le saule à contempler au loin le bois brûlé. Dans ma tête les arbres se gonflaient de neige, et la terre devenait blanche. Je voyais les petits descendre la vallée en chancelant, luttant contre la tempête, passer devant moi, s'enfermer dans la chambre des porcs-épics. Pour me remettre le cœur en place, il fallait que je voie les enfants d'Elena.

J'entrai dans la pièce quand tout le monde dormait. Je m'approchai du lit et découvris trois petits corps sans poil recroquevillés contre le ventre de leur mère. Ils étaient laids, ils respiraient doucement. Cela me ramena aux yeux d'Anja, à l'odeur fragile de nos petits. Ceux que j'avais devant moi n'étaient pas les miens. Je me mis à pleurer.

Elena se réveilla et poussa un hurlement de terreur. Dans la nuit noire, je vis son âme jaillir hors de sa gorge.

Klaus fut si violemment surpris qu'il en tomba du lit. Elle agrippa ses petits et alla se terrer dans un coin de la pièce, trébuchant.

— Bâtard ! Va-t'en ! cria-t-elle.

Klaus se releva, en proie à la panique. Renversa la table de chevet. Se tourna vers moi, la colonne arquée, les épines dressées. C'est à cet instant qu'il me reconnut. Je restai immobile, le museau trempé de larmes.

— Archy, dit mon ami, reprenant ses esprits mais toujours apeuré. Qu'est-ce que tu fais ?

La chambre était remplie de pleurs et de cris, mais je m'en moquais. Je me tournai vers Klaus.

— Je voulais juste les voir, dis-je.

Je fus contraint de quitter la tanière. Klaus essaya de me défendre mais Elena menaça de partir.

Klaus m'emmena voir un trou de l'autre côté du saule, un peu plus petit que le sien, et m'aida à m'y installer. Elena aurait voulu que je m'en aille plus loin, mais, j'ignore comment, son conjoint parvint à s'imposer. Ma nouvelle tanière offrait une vue imprenable sur les collines et le bois brûlé. Il y faisait plus froid, mais au moins l'air était débarrassé de la mauvaise odeur. Chaque soir, le porc-épic venait me trouver, et je lui répétais que j'étais très bien là où j'étais.

— Je suis désolé, disait-il, les yeux brillants. Elena ne comprend pas que tu es unique.

Nous reprîmes nos leçons. Klaus semblait plus serein, même si j'imaginais que notre amitié continuait à lui causer des ennuis. Je le priai simplement de ne parler à personne de nos soirées, et de taire l'existence du livre. En vain.

Klaus restait un animal faible, et n'osait rien cacher à sa compagne, surtout depuis qu'ils vivaient en tête à tête. Un après-midi, je tombai sur elle devant ma porte.

— Tu lui pourris la tête, me dit-elle.

— Peut-être qu'une tête pourrie fonctionne mieux qu'une tête vide, répliquai-je.

— Je veux que tu arrêtes de le voir, tu dois le lui dire.

Je ne fis pas un geste. Je savourais son expression, son corps massif et gauche prêt à battre en retraite au moindre mouvement de ma part.

— Il peut arrêter quand il veut, conclus-je.

Je rentrai.

— Tu partiras d'ici, le boiteux ! l'entendis-je crier.

— Dieu te maudisse, murmurai-je.

Leurs petits grandirent et commencèrent à parler. Je ne me rappelle pas leurs prénoms, peut-être ne les ai-je jamais connus. Ils venaient jouer près de ma tanière, devant le poulailler, et effrayaient mes poules. Je sortais pour les chasser. À plusieurs reprises, Elena menaça de me charger.

Pour les petits porcs-épics, j'étais le *vieux boiteux*. Il faut dire que j'avais beaucoup vieilli. J'avais le poil grisonnant et le souffle court. Ma vue me jouait des tours. Je perdis une dent pendant un repas, et la peur m'assaillit. La mort, à pas de loup, vint me voler le sommeil et empoisonner toutes mes pensées. Klaus me vit pleurer et s'inquiéta beaucoup ; il me demanda avec insistance la raison de mes larmes, mais je me promis qu'il ne la connaîtrait pas.

— Tu as mal quelque part ? disait-il.

— Non.

— Alors qu'est-ce que tu as ?

— Ça me regarde !

J'arrêtai de le recevoir le soir. Quand nous nous croisions au potager, je lisais dans son regard tous les mots qu'il retenait.

Je ne sais comment, j'avais réussi à me bercer de l'illusion que j'allais échapper au temps, et j'étais à présent victime de ce désespoir que j'avais tant méprisé chez les autres. Tous mes fantômes passaient devant mes yeux, me défiant du regard, et je restais là, vivant mais impuissant. Je passais des jours à ressasser la même question : *Quand ?* Mais Dieu ne répondait pas, et j'aurais voulu mourir dans l'instant.

Un soir, face au énième coucher de soleil, je décidai que la seule chose à faire avant de disparaître était de me raconter.

Je confectionnai de nombreuses pages, les meilleures que j'aie jamais faites, et les liai ensemble. Je demandai à Klaus l'une de ses épines les plus jeunes, courte et pointue, afin qu'elle s'adapte parfaitement à ma patte. Malgré la douleur, mon ami se l'arracha avec joie. L'impossibilité de m'aider l'avait plongé dans la tristesse, et le silence qui m'entourait le blessait. Même Elena s'étonnait de mon comportement. Elle était convaincue que je tramais quelque chose.

Je commençai à raconter mon histoire, ne m'interrompant que pour manger et dormir, et je continuais, même en dormant, à fouiller dans mes plus lointains souvenirs et à essayer de retranscrire en mots chacune de mes sensations. La journée, je me surprenais en train de pleurer, ou de montrer les crocs, ou d'appuyer rageusement sur le papier, ou de le caresser, amoureux de Louise et d'Anja. À chaque fois, je m'émerveillais d'avoir autant vécu, et je me demandais comment cela allait finir.

Je tiens le livre entre les pattes, il est plus lourd que moi. Je suis vide, aussi vide qu'une coquille de noix, et je suis désorienté. Me voilà revenu au temps présent, à la merci de la vieillesse. Souvent je me lamente pour des douleurs que je ne ressens même plus, et je m'attriste pour des événements passés. D'autres fois, je ris. Le monde pâlit et se retire sur mon passage. J'ai arrêté de manger les poules. J'entre dans le poulailler et je les regarde picorer, je leur parle, comme je le faisais avec Sara. Dans ces moments, je redeviens tout petit, mais ces moments ne durent pas et j'ai honte de ma sottise. Nous sommes à la moitié du printemps, les insectes s'agitent dans l'herbe et les têtards deviennent grenouilles. Je m'arrête pour observer autour de moi. Je découvre Klaus, au loin, qui me fixe, espérant que je lui fasse signe de me rejoindre. Mais j'ai envie de rester seul. Les peurs de mon ami m'éloignent de mon but. Plus j'écrivais et plus l'obsession de la mort s'est faite légère. J'ai triomphé d'elle à chaque page, me reflétant dans l'encre, dans les lignes que j'ai tracées. J'ignore où Dieu emportera mon âme, mon corps se répandra dans la terre, mais mes pensées resteront ici, sans âge, à l'abri des jours et des nuits. Cela suffit à me procurer la paix, comme le paradis pour Solomon. Peut-être suis-je un homme, moi aussi, et serai-je sauvé. Peut-être Dieu ne m'a-t-Il fait animal que pour me mettre à l'épreuve. Je ne veux pas disparaître.

XX

MES DÉSIRS FUTILES

Klaus est venu me voir pendant la nuit, le museau baigné de larmes. J'étais assis à ma table, en train de relire certains passages, j'ai eu peur. À cause de l'obscurité, il m'a fallu quelques instants pour le reconnaître, d'autant que ma vue baisse.

— Tu es fâché contre moi ? a-t-il demandé.

— Non.

Il s'est essuyé le museau.

— Pourquoi as-tu cessé de me parler ? Pourquoi as-tu cessé de me faire cours ?

J'ai refermé le livre et je me suis levé.

— Je dois finir quelque chose, ai-je répondu.

Il s'est jeté dans mes bras, chancelant, et m'a étreint avec force, au point de me faire mal.

— Merci, m'a-t-il dit. Merci.

Il inondait mon cou et ses épines vibraient dangereusement à côté de mon museau.

— Merci à toi de m'avoir sauvé, ai-je murmuré.

Klaus m'a serré encore quelques instants avant de lâcher prise. Il semblait apaisé.

— Elena part avec les petits, c'est devenu dangereux, ici, a-t-il dit. Elle a vu une ombre dans le poulailler. Elle a peur que des bandits débarquent, attirés par les poules.

Un long frisson m'a parcouru l'échine.

— Qui était-ce ?

— Je ne sais pas. Il faisait noir et elle n'a pas bien vu.

Il a reniflé pour réprimer un gros sanglot.

— Nous nous sommes disputés parce que je suis venu te prévenir. Elle est partie sans moi.

— Rejoins-les, Klaus, ai-je dit.

Le porc-épic a tourné la tête pour regarder dehors.

— Je vais la ramener ici. C'est moi qui m'occuperai de vous défendre tous.

Mais Klaus savait que, s'il rejoignait sa famille, il ne reviendrait pas. J'ai vu son courage l'abandonner en un éclair.

— Viens avec nous, on va emménager trois champs plus bas. On rentrera au début de l'été, a-t-il dit.

J'ai secoué la tête. Je ne voulais plus bouger, ni créer de nouvelles disputes. J'ai vu mon ami se laisser gagner par le chagrin, me tendre inutilement une patte.

— Viens avec moi, je t'en supplie, a-t-il sangloté de nouveau. Qu'est-ce que tu feras s'ils t'agressent ?

Je n'ai pas répondu. Je me tenais immobile face à lui, contemplant son museau. J'étais fatigué, voûté, tourmenté. Je sentais que je n'allais pas le revoir pendant longtemps, et j'ai su que le moment était venu. J'ai attrapé mon livre sur la table et je suis allé chercher celui de Solomon, avec toutes les pages, tous les secrets. Je l'ai longuement regardé, hésitant encore à m'en séparer. Puis je l'ai posé sur le mien avec une grande douleur. J'ai arrêté Klaus qui se dirigeait vers la sortie et lui ai mis les deux livres dans les pattes.

— Le premier, tu le connais, ai-je dit. Le deuxième, c'est mon histoire.

Klaus m'a regardé stupéfait, encore convaincu que je l'accompagnerais.

— Garde-les toujours avec toi, ce sont des trésors. Ils te révéleront beaucoup de vérités, ils te feront mal, mais ils ne pourront jamais te tromper sur ce que tu es, sur ce que nous sommes.

Alors, le porc-épic a compris, il a laissé échapper une plainte étranglée en m'agrippant le poil.

— Enseigne-le à tes enfants, dis-leur comment le raconter aux autres, comme je l'ai fait avec toi.

— Je reviendrai, a-t-il dit avant de se retourner et de disparaître dans la nuit sans un regard en arrière.

— Adieu, ai-je fait ; et je m'adressais à lui, à Solomon et à moi-même.

Je n'arrivais plus à dormir, j'ai pris une page et je me suis remis à écrire.

Klaus a dissimulé l'entrée de sa tanière pour éviter que des profiteurs ne s'en emparent. Il a barré les fenêtres avec des branches puis les a recouvertes de feuilles. Il pense réellement revenir cet été, comme si les bandits disparaissaient d'eux-mêmes, en même temps que les saisons. Ils ne m'ont pas laissé grand-chose dans le potager, ils ont presque tout emporté. Il règne un grand silence, et cela m'inquiète – le silence qui accompagne les aubes et les crépuscules. Le ciel est agité par une tempête invisible et la terre s'est endurcie, tel un dos s'apprêtant à recevoir des coups.

Ils sont à mes trousses, j'en suis de plus en plus convaincu. Je les devine derrière le vent, sur la surface de l'eau quand je vais au fleuve, dans les branches du saule qui me caressent la tête. Je me fige, en attente d'un bruit qui trahisse la présence de mes poursuivants, plus léger que la plume sur le papier. Ceux qui me cherchent savent où je suis, mais ils s'amusent à attendre. C'est la mort, je le sais. Je ne vais pas me laisser prendre si facilement. Je veux une raison de mourir. Je pleure parce que je voudrais n'avoir jamais découvert la vérité sur le monde.

Imaginer la tête de mon poursuivant m'inquiète autant que de ne pas savoir combien de temps il me reste. J'ai imaginé Gilles rôdant autour de la tanière, m'attendant avec son rictus permanent, mais il est mort. J'ai vu Gioele, vieux mais encore vaillant, revenir des montagnes où je l'ai expédié et réclamer ma tête. Ou bien est-ce le chat que j'ai blessé. C'est forcément quelqu'un, seul Dieu sait qui. La vie ne m'abandonne pas encore. Je veux m'enfuir, m'enfuir loin et vivre pour toujours. J'ai préparé mes provisions pour le voyage, des pages pour écrire, mais je continue à reporter mon départ. J'ai libéré les poules, qui pourtant ne s'éloignent pas.

— Ouste, ouste !

Elles ont voleté en rond puis sont revenues vers moi. La nuit se fait toujours plus effrayante, même le fleuve a pris une voix sinistre, et je me sens vulnérable. Il m'est impossible d'attendre paisiblement. Ma chambre se remplit d'ombres, je regarde sans cesse autour de moi pour ne pas être cueilli par surprise. L'aube et la lumière du soleil ne me laissent pas de répit. Elles aussi sont devenues mes ennemies. S'il m'arrive de fermer les yeux, ma dernière pensée est toujours la même, et elle me console : je m'enfuirai dès mon réveil, et celui qui me cherche devra s'armer de patience.

Il m'a tué. J'ai rampé à l'intérieur dès qu'il est parti, appuyant sur mon flanc pour arrêter le sang. Il m'a arraché une oreille et blessé à la patte, il m'a mordu sous le cœur et a emporté ma chair. Je me meurs. Écroulé sur ma chaise, je parcours des yeux cette dernière page. Maintenant, c'est mon âme qui tient la plume.

Semblable à un jeune chien aux oreilles pointues, mon fils Personne m'attendait sous le saule. Il avait tué les poules dans le poulailler, je suis sorti après les avoir entendues crier. Il était magnifique, beau comme Anja, avec sa tache sous l'œil, exactement tel que je me l'imaginais. Je n'ai pas fui ; nous nous sommes longuement regardés, nous nous sommes étudiés, après tout ce temps. Ses yeux m'ont dit sa haine et m'ont raconté son histoire ainsi que celle de sa mère.

Il est venu à moi sans courir, illuminé par un soleil radieux, comme si Dieu le guidait, comme s'il marchait avec Lui, de Son côté. Je n'ai pas bougé, je n'ai pas réagi. J'ai observé le ciel, encore plus immense que ma douleur, et les branches de l'arbre, pleines de feuilles jaunes. J'ai regardé Dieu en face, et Il m'a regardé, moi, et Il ne m'a pas semblé cruel. Il était simplement trop grand pour que mes yeux Le contiennent, et d'un coup la peur est revenue.

Je colore le sol de rouge, je sens le froid dans ma poitrine, j'essaie de dompter ma terreur pour vivre encore un peu. Tel est mon dernier désir futile : fuir, comme tout le monde, échapper à l'inévitable. Si Klaus devait revenir, qu'il donne mon corps à la terre, ou au fleuve. Qu'il me restitue aux autres, comme un vrai animal, parce que c'est ce que je suis. D'Otis à Solomon, de Louise à Anja, s'ils sont heureux dans un doux lieu ou bien disparus dans la nuit, je vais enfin le savoir. Je ne peux plus différer le moment, arrive cette dernière frayeur, que l'on doit affronter seul, du début à la fin.

TABLE

DU MÊME AUTEUR

Aux Éditions Quai Voltaire

MES DÉSIRS FUTILES, 2023 (Folio n° 7414).

COLLECTION FOLIO

Dernières parutions

7135. Camille Laurens — *La trilogie des mots*
7136. J.M.G. Le Clézio — *Le flot de la poésie continuera de couler*
7137. Ryoko Sekiguchi — *961 heures à Beyrouth (et 321 plats qui les accompagnent)*
7138. Patti Smith — *L'année du singe*
7139. George R. Stewart — *La Terre demeure*
7140. Mario Vargas Llosa — *L'appel de la tribu*
7141. Louis Guilloux — *O.K., Joe !*
7142. Virginia Woolf — *Flush*
7143. Sénèque — *Tragédies complètes*
7144. François Garde — *Roi par effraction*
7145. Dominique Bona — *Divine Jacqueline*
7146. Collectif — *SOS Méditerranée*
7147. Régis Debray — *D'un siècle l'autre*
7148. Erri De Luca — *Impossible*
7149. Philippe Labro — *J'irais nager dans plus de rivières*
7150. Mathieu Lindon — *Hervelino*
7151. Amos Oz — *Les terres du chacal*
7152. Philip Roth — *Les faits. Autobiographie d'un romancier*
7153. Roberto Saviano — *Le contraire de la mort*
7154. Kerwin Spire — *Monsieur Romain Gary. Consul général de France*
7155. Graham Swift — *La dernière tournée*
7156. Ferdinand von Schirach — *Sanction*
7157. Sempé — *Garder le cap*
7158. Rabindranath Tagore — *Par les nuées de Shrâvana* et autres poèmes
7159. Urabe Kenkô et Kamo no Chômei — *Cahiers de l'ermitage*
7160. David Foenkinos — *Numéro deux*
7161. Geneviève Damas — *Bluebird*
7162. Josephine Hart — *Dangereuse*
7163. Lilia Hassaine — *Soleil amer*
7164. Hervé Le Tellier — *Moi et François Mitterrand*
7165. Ludmila Oulitskaïa — *Ce n'était que la peste*
7166. Daniel Pennac — *Le cas Malaussène I Ils m'ont menti*

7167.	Giuseppe Santoliquido	*L'été sans retour*
7168.	Isabelle Sorente	*La femme et l'oiseau*
7169.	Jón Kalman Stefánsson	*Ton absence n'est que ténèbres*
7170.	Delphine de Vigan	*Jours sans faim*
7171.	Ralph Waldo Emerson	*La Nature*
7172.	Henry David Thoreau	*Sept jours sur le fleuve*
7173.	Honoré de Balzac	*Pierrette*
7174.	Karen Blixen	*Ehrengarde*
7175.	Paul Éluard	*L'amour la poésie*
7176.	Franz Kafka	*Lettre au père*
7177.	Jules Verne	*Le Rayon vert*
7178.	George Eliot	*Silas Marner. Le tisserand de Raveloe*
7179.	Gerbrand Bakker	*Parce que les fleurs sont blanches*
7180.	Christophe Boltanski	*Les vies de Jacob*
7181.	Benoît Duteurtre	*Ma vie extraordinaire*
7182.	Akwaeke Emezi	*Eau douce*
7183.	Kazuo Ishiguro	*Klara et le Soleil*
7184.	Nadeije Laneyrie-Dagen	*L'étoile brisée*
7185.	Karine Tuil	*La décision*
7186.	Bernhard Schlink	*Couleurs de l'adieu*
7187.	Gabrielle Filteau-Chiba	*Sauvagines*
7188.	Antoine Wauters	*Mahmoud ou la montée des eaux*
7189.	Guillaume Aubin	*L'arbre de colère*
7190.	Isabelle Aupy	*L'homme qui n'aimait plus les chats*
7191.	Jean-Baptiste Del Amo	*Le fils de l'homme*
7192.	Astrid Eliard	*Les bourgeoises*
7193.	Camille Goudeau	*Les chats éraflés*
7194.	Alexis Jenni	*La beauté dure toujours*
7195.	Edgar Morin	*Réveillons-nous !*
7196.	Marie Richeux	*Sages femmes*
7197.	Kawai Strong Washburn	*Au temps des requins et des sauveurs*
7198.	Christèle Wurmser	*Même les anges*
7199.	Alix de Saint-André	*57 rue de Babylone, Paris 7e*
7200.	Nathacha Appanah	*Rien ne t'appartient*
7201.	Anne Guglielmetti	*Deux femmes et un jardin*

7202. Lawrence Hill	*Aminata*
7203. Tristan Garcia	*Âmes. Histoire de la souffrance I*
7204. Elsa Morante	*Mensonge et sortilège*
7205. Claire de Duras	*Œuvres romanesques*
7206. Alexandre Dumas	*Les Trois Mousquetaires. I, D'Artagnan*
7207. François-Henri Désérable	*Mon maître et mon vainqueur*
7208. Léo Henry	*Hildegarde*
7209. Elizabeth Jane Howard	*Confusion. La saga des Cazalet III*
7210. Arthur Larrue	*La diagonale Alekhine*
7211. Hervé Le Tellier	*Inukshuk, l'homme debout*
7212. Jean-Christophe Rufin	*La princesse au petit moi. Les énigmes d'Aurel le Consul*
7213. Yannick Bestaven	*Mon tour du monde en 80 jours*
7214. Hisham Matar	*Un mois à Sienne*
7215. Paolo Rumiz	*Appia*
7216. Victor Hugo	*Préface de* Cromwell
7217. François-René de Chateaubriand	*Atala* suivi de *René*
7218. Victor Hugo	*Le Rhin*
7219. Platon	*Apologie de Socrate*
7220. Maurice Merleau-Ponty	*Le doute de Cézanne*
7221. Anne Delaflotte Mehdevi	*Le livre des heures*
7222. Milena Busquets	*Gema*
7223. Michel Butor	*Petite histoire de la littérature française*
7224. Marie Darrieussecq	*Pas dormir*
7225. Jacky Durand	*Plus on est de fous plus on s'aime*
7226. Cecil Scott Forester	*Hornblower aux Antilles. Capitaine Hornblower*
7227. Mia Kankimäki	*Ces héroïnes qui peuplent mes nuits*
7228. François Noudelmann	*Les enfants de Cadillac*

7327 Rumena Bužarovska *Mon cher mari*
7328 Alba de Céspedes *Elles*
7329 Jenny Lecoat *La clandestine de Jersey*
7330 Ludmila Oulitskaïa *Le corps de l'âme*
7331 Hélène Dorion *Pas même le bruit d'un fleuve*
7332 John Muir *Juin dans la Sierra*
7333 Isabelle Amonou *L'enfant rivière*
7334 Denis Diderot *Paradoxe sur le comédien*
7335 François-René de Chateaubriand *Voyage en Italie*
7336 Patrick Chamoiseau *Une enfance créole*
7337 Anne Akrich *Le sexe des femmes*
7338 Jonathan Coe *Le royaume désuni*
7339 Roy Jacobsen *Les vainqueurs*
7340 Virginia Woolf *Des heures à lire* et autres courts essais
7341 Blaise Cendrars *Prose du Transsibérien* et autres poèmes du monde entier
7342 Margaret Kennedy *Divorce à l'anglaise*
7343 John Steinbeck *Les raisins de la colère*
7344 Giosuè Calaciura *Le silence de la mère*
7345 Laura Kasischke *La vie devant ses yeux*
7346 Nathan Harris *La douceur de l'eau*
7347 Franz Kafka *Amerika*
7348 Salman Rushdie *Essais. 1981-2002*
7349 Alexandre Dumas *Création et Rédemption*
7350 Philibert Humm *Roman fleuve*
7351 Danièle Sallenave *Rue de la Justice*
7352 François Sureau *L'or du temps*
7353 Marie Nimier *Petite sœur*
7354 Emmanuel Carrère *V13. Chronique judiciaire*
7355 Collectif *Le goût du zen*
7356 Henry David Thoreau *Sur la Concord River*
7357 Jean-Christophe Rufin *Les Flammes de Pierre*
7358 Dominique Scali *Les marins ne savent pas nager, I*
7359 Dominique Scali *Les marins ne savent pas nager, II*
7360 Laurine Roux *Sur l'épaule des géants*
7361 Marie NDiaye *La sorcière*

7362	Perrine Tripier	*Les guerres précieuses*
7363	Carole Fives	*Quelque chose à te dire*
7364	Tristan Jordis	*Le pays des ombres*
7365	Martin Winckler	*Franz en Amérique*
7366	Gilles Kepel	*Enfant de Bohême*
7367	Franz Kafka	*Le Procès*
7368	Franz Kafka	*La sentence – Dans la colonie pénitentiaire*
7369	Jean-Paul Didierlaurent	*Le vieux* et autres nouvelles
7370	Franz Kafka	*Kafka justicier ?* Morceaux choisis
7371	Pierre Adrian	*Que reviennent ceux qui sont loin*
7372	Isabelle Sorente	*L'instruction*
7373	Xavier Le Clerc	*Un homme sans titre*
7374	Amélie de Bourbon Parme	*L'ambition. Les trafiquants d'éternité, I*
7375	Stéphane Carlier	*Clara lit Proust*
7376	Jessie Burton	*La maison dorée*
7377	Naomi Krupitsky	*La Famille*
7378	Nastassja Martin	*Croire aux fauves*
7379	Maylis Adhémar	*La grande ourse*
7380	Lucie Rico	*GPS*
7381	Camille Froidevaux-Metterie	*Pleine et douce*
7382	Éric Reinhardt	*Le moral des ménages*
7383	Guéorgui Gospodinov	*Le pays du passé*
7384	Franz-Olivier Giesbert	*Le sursaut. Histoire intime de la Ve République, I*
7385	Daniel Pennac	*Terminus Malaussène. Le cas Malaussène, 2*
7386	Scholastique Mukasonga	*Sister Deborah*
7387	Anonymes	*Évangiles*
7388	Pierre Assouline	*Le nageur*
7389	Louise Kennedy	*Troubles*
7390	Ron Rash	*Plus bas dans la vallée*
7391	Bénédicte Belpois	*Gonzalo et les autres*
7392	Erik Orsenna	*Histoire d'un ogre*
7393	Jean-Noël Pancrazi	*Les années manquantes*

*Tous les papiers utilisés pour les ouvrages
des collections Folio sont certifiés
et proviennent de forêts gérées durablement.*

*Composition Nord Compo
Impression Novoprint
à Barcelone, le 28 août 2024
Dépôt légal : septembre 2024*

ISBN 978-2-07-305942-0 / Imprimé en Espagne

627448